JN223081

注釈・考証・読解の方法

★――国語国文学的思考

[著] 白石良夫
Shiraishi Yoshio

文学通信

注釈・考証・読解の方法――国語国文学的思考◉目次

天動説は滅びない――まえがきにかえて

しだいに学問の道に入っていって、その大筋が理解できるようになったならば、なんでもいいから、古典の注釈を作るように心掛けるべきである。注釈は、学問のためには大いに有効である。

（本居宣長『うひ山ぶみ』講談社学術文庫、白石良夫訳、二〇〇九年）

「江戸に出掛けて江戸人に聞け」

コペルニクスは、地球が動くと言った。これを称して地動説というのだが、それ以前に天動説という学説はなかった。なぜなら、太陽や月が頭上を通過するのは、目に見えて実感できる、説明するまでもない当たり前の現象だからである。ガリレオが宗教裁判にかけられたころ、人々はこの新知識をオカルト扱いしていた。

人類が地動説を理解してはじめて、みずからの旧知識を相対化しなければならなかった。そこで生まれたのが天動説という言説であった。

「江戸時代に出掛けていって、江戸人の話を聞け」と中野三敏先生はよく口にされるが、これは近代人の知識と感性で古典を読むなという訓戒で、それ以外ではない、と解してきた。ずっとそう解してきたし、この歳になって宗旨替えするつもりはない。

わたしは何度か、恩師の教えをつぎのように言い換えたことがある。

「錬金術は、パラケルススに学べ」

「天動説は、コペルニクス以前の知識で語れ」

錬金術も天動説も、現代の科学でもって説明できる（多くの場合、否定的に）。客観的にはそのほうが正確である。しかしそれでは、コペルニクス以前の知識や感性を虚心に見る目が曇ってしまう。国文学者による古典の読解とは、畢竟、古典時代の読書を再現し体験することである。日蝕を超常現象と感じることであり、リンゴが落ちるのをお節介に説明しないことである。錬金術を最新技術と信じることである。

注釈はそのための補助である。それを契沖は「万葉を読むには同時代資料より帰納すべし」と言った。伊藤仁斎は「いにしえのことはいにしえに学べ」と言った。仁斎に学んだ中村幸彦先生の教えであり、わたしの学んだ研究室の伝統であった。江戸の作品は江戸の作者（あるいは読者）の世界で読む、である。コペルニクス以前の人類の知恵を読むには、現代科学の知見はノイズになる。

錬金術も知識である

小城鍋島文庫本『和学知辺草』（寛政年間成立）に、こういう一節がある。

日本と称し始めたる事も東国通鑑に始て見ゆ。吾朝は天智天皇の御宇に当れる也。

これに注釈をつけたい。

演習で学部生がつけてくる注釈は、おおくは辞典類から「東国通鑑」と「天智天皇」を引いて、それで済ませる。

大学院生にもなると、さすがにそれでは許されない。「東国通鑑」本文を通覧して「日本」の語を検索する。「天智天皇」時代との関連も確認する。「日本」呼称の嚆矢が「東国通鑑」なのかどうかを調べ、それが『和学知辺草』の記述と一致していれば、著者の知識の正しさを認める。齟齬していれば、著者の認識不足（間違い、勘違い）と見なす。

学部生よりもレベルの高い演習である。だが、これでは、近代人の知識で近世の作品を読んでいることになり、近世人の読書体験、読書空間とは言えない。そこで、わたしの注釈だと、こうなる。

『秉燭譚』巻二「日本国号ノコト」に、「東国通鑑第九、新羅文武王十年八月ノ下ニ云「倭国更号二日本一。自言近二日所一レ出。以為レ名」ト。コノ年ハ、唐ニテハ高宗ノ咸亨元年、本朝ニテハ天智天皇ノ九年ニアタル。本朝ニテシラザルコトナレバ、従ガタシ。然ドモ唐以上ノ書ニ、日本ト云コトミエザレバ、此ノ時分ヨリコノ字ヲ用ヒラレタルニヤ」とある。『東国通鑑』は李氏朝鮮の史書（一四八四年成立）。「天智天皇の御宇」は、大化の改新（六四五年）から壬申の乱（六七二年）あたりまでを指す。

『秉燭譚』（伊藤東涯著）を引用すれば、それで作品の時代（寛政年間）の読書空間を再現したことになる。これで十分であり、東涯の認識の穿鑿は、やって悪いとはいわないが、『和学知辺草』の読解には、ノイズにしかならない。

近世の読み物で、例の「香爐峰（こうろほう）の雪はいかならん」を紫式部（むらさきしきぶ）のエピソードとしているのに出会ったとき、当然、違和感は持つ。だが、中村・中野先生の教えに従うなら、これを作者の無知と嘲笑して、無下に斥（しりぞ）けてはいけない。虚心坦懐（きょしんたんかい）になって、紫式部説の存在を考えてみる必要がある。

そして、紫式部が御簾（みす）を捲（ま）き上げたという記述を『和漢三才図会（わかんさんさいずえ）』などに見つけたとき、そして井沢蟠龍（いざわばんりょう）がそれを俗説として話題にしていることを知れば（本書八章第五節参照）、「紫式部御簾を掲げる」は、作者の無知ばかりではなかった、嘲笑は古典に対する専門家の傲慢だったことを思い知るだろう。古典の読み解きには、近代現代の正説も俗説も謬説も捏造説も、みんな平等である。

注釈の延長線上に論文はある

わたしが初めて論文らしい論文を書いたと実感したのは、『本居問答（もとおりもんどう）』という資料を分析してまとめたときであった。

まだ研究者予備軍にすぎなかった。理解できたのは、該資料が、長瀬真幸（ながせまさき）と本居宣長との、古学に関する問答である、ということぐらい。それにどんな意味があるのかと問われても、答えられなかった。それに答えることが研究であるのだから、答えられないでいれば、いつまでも予備軍卒のままである。学界未紹介のおいしい食材だが、どう料理したらいいか、考えあぐねていた。

取り扱うのが宣長なので、とりあえず程度のつもりで、『うひ山ぶみ』を読んだ。そこで出会ったのが、宣長先生の先のアドバイスであった。「大筋が理解できるようになった」のではないが、「注釈は、学問のためには大いに有効である」という先生の言葉を信じて、『本居問答』を注釈しはじめた。

どうなることか、見通しの立たないまま始めたのだが、注釈が蓄積してくると、宣長入門以前の真幸の修学のストーリーが見えてきた。溜まった注釈を取捨選択してストーリーを語って、論文が完成した。題して「鈴屋入門以前」（『江戸時代文学誌』二号、一九八一年）。

論文は注釈の延長線上にあるという確信を得た。

その『うひ山ぶみ』を注釈することになり（二〇〇三年、右文書院）、これは宣長に捧げたオマージュなのだが、その延長線上で拙著『かなづかい入門』（二〇〇八年、平凡社）、『古語の謎』（二〇一〇年、中央公論新社）が生まれた。後者には、烏丸光栄聞書の注釈（歌論歌学集成第十五巻、一九九九年、三弥井書店）で得た知見も大いに役立った。

『学海日録』翻刻（一九九一〜九三年、岩波書店）の際は、ちょうどワープロを使いはじめたころで、参照文献で確認したことを片っ端から打ちこんでいった。それが溜まり溜まって出来上がったのが『最後の江戸留守居役』（一九九六年、筑摩書房）であった。本書第二部の論文はいずれも、『説話のなかの江戸武士たち』（二〇〇二年、岩波書店）の副産物であるが、この著作も、『鳩巣小説』を注釈しながら、ひたすら素直に読むことで仕上がった。かつて物した水足博泉の評伝（『江戸時代文学誌』五号、一九八七年）は、知り合いから講釈師が語るお噺かと評されたが、もともとは『近世叢語』所載の逸話と略伝の注釈が膨れあがったものである。

注釈していれば、知識は自然に増えた。増えた知識は想像力を搔き立て、小難しい理論や七面倒（しちめんどう）な方法論にふりまわされなくて済んだ。

天動説は不要になったのではない

契沖から始まる日本古典学（古学、国学）は、研究対象の丁寧な読解の上に築かれた。丁寧な読解とは、すなわち注釈である。かれらの目指したのは、古代の作品の読み解きであった。

だが注釈そのものは近世の作品である、という発想がわたしのなかに芽生える。ならば、宣長が古事記や源氏を注釈した、その注釈も注釈の対象になる。近世人によって作られた古典注釈を、古典を読むための道具（ツール）とするのではない。読み解く対象が注釈である。

換言すれば、近世人の古典読書の追体験。そのために心掛けるべきは、江戸のことは江戸に出掛けて江戸人に聞く。コペルニクス以前（江戸時代）のものは、天動説の世界（江戸時代の知識と感性）で読み、そして感じる。

大学に入ってはじめて「主体性」という言葉を知った。学部に進学して中村先生から直接知った言葉、それは「おのれを虚（むな）しうする」であった。大学院で中野先生から教わった言葉は「相対化」であった。

本書の構成

第一部「古典注釈を考える」

源氏・徒然の注釈を注釈した。

源氏物語と徒然草の用例として報告されてきた「おごめく（蠢）」という語は、「おこめく（痴）」に誤って濁点がうたれたことによって生まれた架空の古典語であった。この事実を、源氏物語・徒然草の注釈史を辿って明らかにした。あわせて、「注釈を読む」ことの可能性にも挑戦した。これは第一論文集で提起した課題の発展篇である。

第二部「武家説話の読み方」

幕初期武家の逸話の評論（読解、注釈）を注釈した。

儒学者室鳩巣の和文の作品『鳩巣小説』『駿台雑話』『明君家訓』の成立と互いの関係を明らかにして、それらで語られる武士の逸話を解読する。それによって、近世説話文学における思想的要素と娯楽読み物的要素を炙り出す。戦後ほとんど忘れ去られていた鳩巣の和文を再評価しようと試みた。『明君家訓』の版本考証は第四部にも通じるのだが、附録としてここに収めた。

第三部「伝説考証の読み方」

考証随筆（これもいわば注釈）を注釈した。

考証随筆の代表作『広益俗説弁』を、庶民教化・学問奨励が叫ばれた時代の知的読み物として位置づける。近世の読書界で、古代の伝説がどのように読まれたか。和学史や儒学史、さらには江戸期の古代史学などを絡めながら読み解いてみようとした。

第四部「典籍解題を考える」

校訂本文を作ることも注釈作業と表裏一体である。テキスト作成に携わった『十帖源氏』『烏丸光栄卿口授』『名家手簡』をサンプルとして、典籍解題はいかにあるべきかを摸索した。附録の「シーラカンスの年齢」は、本書には居心地のよくない文章であるが、これに「書誌学と文献学の違い」というネタバレのサブタイトルをつけようかつけまいか迷った。といえば、寓意はわかっていただけよう。

第一部　古典注釈を考える――ある誤読の歴史

一章　オコヅク考、オゴメク考――源氏物語帚木巻の異文の解釈

のこりをいはせむとてさて〳〵をかしかりける女かなとすかい給を心はえなからはなのわたり
おこつきてかたりなす

一　問題の所在

源氏物語帚木巻、例の雨夜の品定めの段。式部丞の語る体験談を、源氏や頭中将がその先を催促して、式部丞が話を続けようとする場面である。右の引用には、『源氏物語大成校異篇』の本文をそのままの表記で掲げた。現代語訳すれば、

残りを言わせようとして、源氏たちが「さてさておもしろい女だな」とおだてなさる。おだてとはわかっていながら、式部丞は鼻のあたり□□□□□語るのであった。

となる。□□□□□で示した箇所は本文「おこつきて」にあたり、ここにいかなる現代語を充当するか、本稿はそれを検討することによって、副題に示した問題を提起する。

源氏学では周知のことだが、『源氏物語大成校異篇』帚木巻の主本文は、底本が大島雅太郎旧蔵

本すなわち「大島本」と通称されるものである（現在、古代学協会蔵）。校異篇は、その表記に忠実に翻印してある。本稿が問題とする「オコヅク」も、冒頭引用の「おこつきて」という表記が大島本の姿である。

なお、標題および以下の叙述における片仮名表記、オコヅクもオゴメクも源氏物語が成立した時代の発音とされるものである、ということをあらかじめ断っておきたい。西暦一〇〇〇年の時点の日本語ではオとヲが区別されなくなって、オと発音されていたといわれ、したがって、「お」と「を」の仮名表記は混乱していた。ヅとズは現代では同一に発音されるが、このころはまだ区別が保たれていた。

二　古典本文の校訂と仮名表記のありかた

大島本は、藤原定家（ふじわらのていか）の校訂した、いわゆる青表紙本（あおびょうしぼん）系の有力な伝本であって、その仮名遣いは、したがって、定家仮名遣い（ていかかなづかい）によっていると見なしていい。定家仮名遣いは、仮名文学作品の定本作りのために定家がたてた、個人的な（誤解をおそれずあえていえば、便宜的な）規準であった。とくに「お」「を」は定家の時代のアクセントの高低による書き分けであったから、大島本のこの部分は、源氏物語のオリジナルな表記を反映するものではない。ましてや、混乱する以前の仮名表記を規準とする歴史的仮名遣いとも、まったく無縁である。

したがって、後世の写本でしか伝わらない古典文学作品（とくに定家以前成立の）を校訂する場合、国語史的に根拠をもたない定家仮名遣いは採用しないのが普通であり、また採用しないことのほうが理にかなっている。では、なにをもって表記のよりどころにすべきかといえば、今日のところ、歴史的仮名遣いによるのが無難と思われる。こういう消極的な物言いをするのは、限りなく作品のオリジナルに近づくことをもって理想とする近代国文学の思想からいえば、歴史的仮名遣いも、所詮、次善の策にとどまるからである。

歴史的仮名遣いは、平仮名・片仮名が発生したときから音韻変化によって表記に乱れがおこるまでの、きわめて短い期間（西暦でいえばほぼ九世紀、おそく見積もっても十世紀前半まで）の仮名表記の実態を再現して、それを表記の規範にしようとするものである。この事業つまり実態を再現することはいまだ達成されていないが、仮に完璧に再現することに成功したとしても、それをもって作品の仮名表記のオリジナルまでが再現できたといえるのは、九世紀から十世紀前半までに成立した作品に限られる。源氏物語が西暦一〇〇〇年前後の成立というのは文学史の常識である。源氏の本文を歴史的仮名遣いで表記することが次善の策だと言ったのは、そういう意味である。

ちなみに言えば、これは、源氏物語を現代仮名遣いで表記することも可能であり、それがけっして非合理的でないということをも意味している。そんなの認められない、というのは生理の問題、好みの問題にすぎない。

右のことは、「仮名遣い」についての基礎学習のおさらいであって、とりたててわたしの独創があるわけではない。が、本稿を叙述するにあたって、仮名遣いとテキストクリティークに対するわたしの立場を明確にしておきたいという思いがあった。でないと、不要な食い違いや誤解を生むおそれがあると考えたからである。わたしの立場とは、どこまでも仮名遣い（ないし歴史的仮名遣い）の常識にのっとるものである、ということを明言しておく（拙著『かなづかい入門』〈平凡社、二〇〇八年〉参照のこと）。

三　オコヅクの仮名遣いと語義

問題の「オコヅキテ」について、戦後の一般的な注釈書の校訂本文とその解釈はつぎのようである。

	本文	語釈・現代語訳
朝日全書	をこづきて	鼻の辺をぴくつかせながら。得意の様子。
岩波大系	おこづきて	鼻の辺を調子に乗ってはずまして。
玉上評釈	をこづきて	「烏滸づく」〈ばか、どうけめく〉。河内本・湖月抄本の「をこめきて」も同義。
小学館全集	をこつきて	〔現代語訳〕鼻のあたりに得意の色をただよわせて。「烏滸つく」で、おろかにみえる。ここは、演技である。

新潮集成　　　をこづきて　　〔現代語訳〕鼻のあたりにおどけた表情を浮かべて。
岩波新大系　　をこづきて　　〔現代語訳〕うごめかせて。
　　　　　　　　　　　　　　鼻の辺りをおどけて見せてあえて語る、の意か。

いずれの校訂本も「おこつきて」と表記した青表紙本系の善本を底本とする。岩波新大系以外は仮名表記を歴史的仮名遣いに改めるという方針。岩波新大系も歴史的仮名遣いを傍記するので、校訂者の判断した仮名のほうを示しておいた。清濁の区別をしない古典書写本に濁点を補うのは、こんにち普通におこなわれる本文校訂の慣習である。小学館全集に濁点がないのは、「烏滸」+「つく」の連濁する前の形だとの判断であろう。それなら、これは許容範囲を出るものではない。

なお、岩波新大系は底本の大島本の仮名表記に忠実に翻刻する方針をとっているが、この翻刻方針は、源氏物語成立から二百年後に個人的便宜的につくられた定家仮名遣いを残すだけの意味しかもたない。

四　オコヅクを「をこづく」と表記するゆえん

ところで、歴史的仮名遣いは、原則として十世紀前半以前の仮名表記の実態（用例）から帰納的にみちびきだす。それに適合する用例のない場合、すなわち表記の実態そのものが不明なときは、語源を推定して理論的に演繹(えんえき)するという方法をとる。とはいっても、日本語の語源説はまさに推定の域をでないことが多く、また語源不明な言葉もあって、異なった語源が設定されると、複数の正しかるべき仮名遣いが主張されることもある。

「オコヅク」なる語も、その例に当てはまるであろう。一語としてのオコヅクは、源氏物語の先の例が最古であって、歴史的仮名遣い考定に使用できる用例はない。表記の実態が不明であるから、用例からの帰納はできず、したがって、語義・語源を手がかりにしてこの語の仮名遣いを考定せざるを得ない。

諸注釈のうち、語源に言及しているのは玉上評釈と小学館全集であり、ともにおなじ語源説をとっている。「烏滸（痴）」は奈良時代の文献に用例があり、そこから帰納されるこれの仮名遣いは「をこ」である。したがって、玉上評釈・小学館全集の語源説を正しいとするなら、オコヅクの歴史的仮名遣いは「をこづく」となる。これが、語源を推定して正しかるべき仮名遣いを演繹するということである。だから、底本の「お」を「を」としたのは、歴史的仮名遣い考定の原理と辻褄があう。だが、玉上評釈の「ばか、どうけめく」の語注と「得意の色をただよわせる」という現代語訳とは、いささか結びつきがよろしくないように感じるのは、わたしだけであろうか。ぴくつかせる動作も「得意の様子」と読み解けるように（朝日全書のごとく）、「得意の色云々」は、言葉そのものから引き出された語義ではなく、読み手が物語の状況を想像して、作中人物の心理を読み取ったにすぎない。

それはともかく、玉上評釈・小学館全集を基準にして、これとおなじ解釈をとることのはっきりしているのは、文末で断定を避けているけれども、岩波新大系である。岩波大系のは「烏滸づく」の意味をふくんでいるのかどうか曖昧である。もしその意味をふくんでいるとすれば仮名遣いを誤っている。朝日全書は明らかに「烏滸づく」から離れており、新潮集成にいたっては、「烏滸」+「づく」の影も形もない現代語訳になっている。したがって、朝日全書・新潮集成の校訂本文「をこづきて」は、玉上評釈・小学館全集とおなじ仮名遣いではあるが、それらとは異なった手続きからみちびかれたものであるということになる。が、それがどういう手続きの道筋であるかは、注釈はなにも語っていない。

これらの注釈のうち、校訂本文の仮名遣いの由来が語釈・現代語訳から納得されるのは、玉上評釈・小学館全集・岩波新大系ということになる。繰り返しになってしつこいが、朝日全書・岩波大系・新潮集成については、本文仮名遣いと語釈・現代語訳とのつながりは説明されておらず、したがって、なにを根拠に「をこづきて」「おこづきて」としたかは不明である。

五　辞書の「オコヅク」

現代の古語辞典における帚木巻の用例の扱いはどうなっているのか。

『日本国語大辞典』(小学館)では、仮名遣いは「をこづく(痴付)」で、「ばかみたいに見える、みっともなく見える」の語義の用例に帚木巻の語を使う。これは小学館全集とおなじである。が、補注において、「文意からは、得意になって語る、誇らかに調子づいて語る意味ともとれる」ともしている。この辞書は、調子づく意を別項としてたて、その仮名遣いを「おこづく」とするので、この補注のような解釈をとるとすれば、大島本とおなじ表記になる。

『小学館古語大辞典』になると、「をこづく（痴づく）」の項目をたてながらそこに帚木巻の用例はなく、「おこづく（漢字表記なし）」の項目に、ひくひく動かす、ぴくつかすの語義を設けて、その用例に帚木巻の本文を使っている。ただし、これにも補注があり、ばかみたいに見えるの意に解することもできる（これだと表記は「をこづく」）、とする。

『角川古語大辞典』は、「をこづく（痴づく）」の見出しだが、「をこ」に接尾語「づく」が付いた語と明言しながら「おこづく」の表記も許容するがごとき記述で、『日本国語大辞典』『小学館古語大辞典』が別項としてたてていた「おこづく」を、ひとつの項目にまとめている。この辞書では帚木巻の用例は使われていない。

なお、北山谿太『源氏物語辞典』（平凡社、一九五七年）は、帚木巻の例を表記「をこづく」とし、語義は「をこなる性状がそなわる。おかしき恰好をなす」であるとする。

以上を、手元のコンパクトな辞書もあわせて整理すると、つぎのようになる（――は、帚木巻の該当語を用例に使っていないことを示す）。

表記	語義	別解

日本国語大辞典	をこづきて	ばかみたいに見える。	得意がる、調子づく。（「おこづきて」）
小学館古語大辞典	おこづきて	ひくひく動かす。	ばかみたいに見える。（「をこづきて」）
角川古語大辞典	―――	―――	
北山源氏物語辞典	をこづきて	おかしな恰好をなす。	
岩波古語辞典	をこづきて	おかしなさまをする。	
新潮国語辞典	をこづきて	得意になる。	

『新潮国語辞典』は見出しで「烏滸」の字をあてており、これは玉上評釈と同様の語源・解釈と見ていい。

六　語源「烏滸」＋「づく」を排除した場合

以上のように「烏滸（痴）」＋「づく」が語源だとすれば、**正しかるべき仮名遣い**は「をこづく」である。これは歴史的仮名遣い考定の原理にのっとっていることがはっきりしているのだから、揺れようはない。したがって、つぎに検討すべきは、そのほかの解釈とそれぞれの仮名遣いということになる。

朝日全書　をこづきて　鼻の辺をぴくつかせながら。
新潮集成　をこづきて　（鼻のあたりを）うごめかせて。
岩波大系　おこづきて　鼻の辺を調子に乗ってはずまして。
日本国語大辞典（別解）　おこづきて　得意がる、調子づく。
小学館古語大辞典　おこづきて　ひくひく動かす。

『日本国語大辞典』（別解）の語釈の「得意がる、調子づく」をどう理解するかは難しいところである。が、岩波大系の「はずまして」が動かすという意をふくんでいるとみるなら、「をこづく」（烏滸）としない岩波大系とおなじ仮名遣いの『日本国語大辞典』（別解）は、岩波大系と同様の解釈をしていると見なせる。それならば、これらの注釈書・辞書はどれも、帚木巻の当該箇所をおなじ語義でもって読んでいることになる。にもかかわらず、仮名遣いは、異なった正しかるべき仮名遣いが想定されている。

何度もいうように、十世紀中頃以前に表記の実例のない語彙の仮名遣いについては、語源から推定するのであるが、「烏滸」＋「づく」を拒否した右の注釈書・辞書は、語源にはいっさい触れるところがない。あるのは、文脈からの解釈らしきものだけである。オコヅクが「うごめく」と同義・同源であったとしても、それが仮名遣いの決め手にならないこと、右の表に見るとおりである。

確かに、雨夜の品定めの段の「オコヅク」を「うごめかす（ぴくつかせる）」として読むのは、文脈のうえではきわめて自然である。だが、文脈にぴったり合うというだけで、オコヅクの語義が「うごめく（ぴくつく）」であるということにはならない。「烏滸づく」の意で読んでも、「うごめく」で読むよりちょっとだけ不自然という程度である。そもそも、文学作品の表現を、文脈に自然か不自然かで議論すべきではないだろう。

七　河内本本文――「烏滸づく」を排除したときの先入主

「烏滸づく」の意で読んでも極端に不自然でないということは、そのほかの語義でもって解釈しても不自然でない可能性をはらんでいる。入学試験の採点をしていて、出題者の想定しなかった解答に出くわして、それも正解とせざるを得ない状況はよく経験する。本稿冒頭に引用した帚木巻の場面なら、「烏滸」＋「づく」を拒否した「オコヅク」について、それをも正解とせざるを得ない別解はおそらく、かなりの数の候補が名のりをあげるはずである。オコヅクの語感は、けっして「うごめく」だけを直感的に連想させるものではないからだ。いや、なんの先入観もなければ、オコヅクと「うごめく」は容易には結びつかない。

「烏滸」＋「づく」を拒否しながら、「うごめく」の解答しか思いついておらず、にもかかわらず、その語義から判断したはずの仮名遣いは相違している。ということは、これらの解答自体、さしたる自信と根拠があったわけではない、ということを匂わせている。「烏滸づく」の意を排除したうえで示し合わせたようにほぼおなじ語義「うごめく」で解釈するというのは、注釈者や辞書執筆者のあいだに共通する先入観があったとしか考えられない。では、それは何なのか。先に結論を言ってしまうことになるが、じつは、青表紙本とは異本の関係にある河内本系統の本文、それが先入主になっていたのだ、とわたしは考える。

これも源氏学の常識であるが、河内本とは源光行・親行父子によって校訂された本文のこと。一般に、青表紙本にくらべて杜撰な本文と見なされる。河内本の価値を一概にそう貶めるのもどうかと思うが、今日ほとんど校訂本の底本に使われないのは事実である。だが、かつては河内本のほうが流布していたともいわれ、江戸時代になると、もっとも身近だった注釈書『湖月抄』（延宝元年〈一六七三〉成立）にも河内本の本文が混じっている。この流布状況が、帚木巻の「オコヅク」を「うごめく」の意味に引き付けている、とわたしは考える。

八　孤例中の孤例「おごめく」の存在

河内本では、問題の箇所が「おこめきて」となっている。『湖月抄』もこの部分は河内本の本文を採用する。この表記が歴史的仮名遣いと無縁なのは、もちろん青表紙本の場合とおなじである。この語は、『湖月抄』以来オゴメクと認識されていて、今日でもそれは変わらない。

青表紙本一辺倒の今日の校訂本では、当然このオゴメクなる語は本文にあらわれない。注釈で異文として触れられる程度で、それでもオゴメクそのものへの言及はない。しかも、この語の存在は、平安時代の文献からは、河内本帚木巻の該当箇所しか報告されていない。源氏物語やほかの仮名文学作品はもちろんのこと、非文学の文献からも、オゴメクがあったという報告はないのである。

　時代を隔てて、あの徒然草七十三段に、

　　人の言ひしままに、鼻のほどおごめきて言ふは、その人のそらごとにはあらず。

とあるのが源氏以外の唯一の例であるが、これは明らかに帚木巻をふまえた表現である。兼好の読んだ源氏物語が河内本系であることを証明しても、平安時代にオゴメクなる語が実在したことを証明はしない。

　オゴメクはただでさえ孤例であり、しかも河内本にしかないということは孤例中の孤例、というより、河内本が一般にいわれるように信頼に堪えない本文だとするなら、平安時代における存在さえもが怪しくなってくる、そんな頼りない言葉であった。

　だがしかし、古語オゴメクの存在感は、後世の人間にとっては大きかった。江戸期においては河内本の本文をもつ『湖月抄』で読まれたことによる。そして、後述するが、近世から近代にかけての代表的な辞書類にはたいてい、オゴメクの語が、源氏物語あるいは徒然草を典拠にして立項されている。『雅言集覧(がげんしゅうらん)』など、オコヅクの語を原著者の石川雅望(いしかわまさもち)は「ヲ」にも「オ」にも採っておらず、中島広足(なかじまひろたり)がようやく補遺で古今著聞集(ここんちょもんじゅう)の用例を加える程度。それに対してオゴメクは最初から堂々と掲げられてあった。これらのことがオゴメクの存在感の大きさを裏付け、さらにそのこと自体がこの語の存在感を強固にしていた。孤例中の孤例であること、つまり典拠とするものが限られていることがかえってそれに拍車をかけているといったら、言い過ぎであろうか。

九　孤例ゆえの存在感

しかし、いかにオゴメクの存在感が大きかったとしても、右のような事情をもつ孤例の語彙であるという事実は、オコヅク以上に正しい歴史的仮名遣いを考定するのが困難ということを意味する。はたして、国語調査委員会編『疑問仮名遣』（大正元〜四年）にもこの語がとりあげられ、正しかるべき仮名遣いの決めがたいことが指摘された。江戸時代においては、まず『倭訓栞』（谷川士清）が「をごめく」で立項しており、『雅言集覧』（石川雅望）も「をごめく」の表記を採用する。近代になっても『語学指南』（佐藤誠実）『ことばのその』（近藤真琴）『言海』（大槻文彦）『日本大辞林』（物集高見）『ことばの泉』（落合直文）など「をごめく」とするのが主流である。「おごめく」説はわずかに『類聚名物考』（山岡浚明）『俚言集覧』（太田全斎）くらいであった。

現行の古語辞典の主流は「おごめく」であるようである。今日では、だから、「をごめく」のほうを空見出しにしたり、仮名遣いについては留保する旨の注記をほどこしたりするのが普通となっている。

仮名遣いは未解決であるが、語義はどの辞書も一致している。士清は「蠢をよむ。うごめくに同じ。微動也」と言い、士清らと異なる仮名遣いをとなえる浚明も「うごめくに同じ。動を訓むなり」と言った。以来、今日まで、河内本源氏と徒然草の「オゴメク」は、「蝨」「蠢動」「微動」などの漢字をあてられて、うごめく、ぴくぴく動かすの意として読まれ続けてきた。

オゴメクとウゴメクとが音韻の交替形だというのは、直感的になんとなく納得させられる。したがって、語義に関しては一貫していて、揺れはない。「直感的」とか「なんとなく」は、われわれの研究の世界では禁句であるが、ここは意図して、あえてそのように言っておく。とにかく、「オゴメク＝ウゴメク」のこの公式に対して、これまでこれといった異論は出されていない。この不動の語義が、源氏物語帚木巻の限定つきで、青表紙本「オコヅク」の、「烏滸づく」の意を排除したときの解釈に影響をあたえ、先入主になってしまったと考えられる。ひとえにそれは、先に言ったような、オゴメクの存在感によってであった。この存在感が青表紙本帚木巻の「オコヅク」までをも「うごめく」の意で読ませていたのである（朝日全書・新潮集成・岩波大系・日本国語大辞典別解・小学館古語大辞典）。

十　オゴメクに幻惑されたオコヅク

前節までの叙述を整理すれば、以下のようになろう。

源氏物語帚木巻の雨夜の品定めの段の問題の箇所の語は、青表紙本がオコヅク、河内本がオゴメクであった。
このうち、オコヅクの解釈には揺れがある。一方の解釈（「烏滸」＋「づく」）をとれば、その語源も納得されやすく、仮名遣いも明白である。文意にも障害は生じない。それにひきかえ、他方の解釈（「うごめく」の意）だと、文意はより自然であるが、その仮名遣いの根拠となるもの、つまり語源の面で明確でなく、現に諸校訂本や辞書では仮名遣いに異論がでている。語源がはっきりしないから、オコヅクと「うごめく」との意味上の接点も、いまひとつ曖昧さをぬぐえない。

オコヅクを「うごめく」の意だとはっきり解釈するのは、朝日全書・新潮集成・小学館古語大辞典である。だが、意味上の曖昧さが残り、語源もはっきりしないために仮名遣いも確定しにくいこの解釈を、なぜこれらはとるのか。

河内本の「オゴメク」の存在に幻惑されたのだ、とわたしは考える。かれらの頭のなかで、目の前の青表紙本「オコヅク」が、孤例ゆえに存在感のつよい異本の河内本「オゴメク」に取って替わられ、直感的に納得される「オゴメク＝ウゴメク」の公式がはたらいて、オコヅクを「うごめく」の意だとなんとなく解釈したのである。この混同は、先に示したように、すでに江戸期の辞書類から見られた。

十一　中古語「オゴメク」実在への疑問

ところで、わたしはここまでしばしば、オゴメクを孤例だと言ってきた。だが、果たしてそうであろうか。というより、わたしのなかでは、オゴメクなどという語が平安時代に存在したのだろうか、という疑問が生まれる。存在しなかったのならば、孤例ともいえない。おそらく存在しなかっただろうとわたしは思う。これはけっして、河内本の「おこめきて」が誤写であるとか後世語が紛れこんだとか、すなわち河内本が使用に堪えない本文だなどと言いたいのではない。河内本は特段の珍しい言葉を使ったのではなかったのだ。

これを「烏滸」に接尾語「めく」のついた「オコメク」（冗談めく、ふざける、ばかに見えるの意）と考えるなら、源氏物語にもいくつかの例が見つかるではないか。

ことぶきの乱りがはしき、をこめきたることも、ことごとしく取りなしたる、（源氏物語初音巻）

昔物語などに、をこめきて作りいでたる、物のたとひにこそはなりぬべかめれ。（源氏物語総角巻）

等々。

河内本帚木巻の「おこめきて」の「めく」も、これらとおなじ「〜らしくなる」という意味をつくる接尾語と見なせば、実際の用例の多寡にかかわらず、そんなに珍しい語彙ではないということは容易に察しがつく。青表紙本の「おこつきて」の「つく」も、「〜らしくなる」という意味をつくる接尾語「づく」が「烏滸」に付いたものであった。つまり、源氏物語帚木巻の当該箇所の本文異同は、けっしてかけ離れた解釈を誘発するものでもなかったということになる。

これまでのながい研究史のなかでこのことに触れたのは、清水浜臣（しみずはまおみ）の『語林類葉（ごりんるいよう）』および先の玉上評釈であった。だが、あまりにもさりげなかったためか、後続の注釈者の注意を喚起しなかったようである。なぜなのか。想像するに、孤例に対する抗いようのない魅力、語源説に囚われやすい語学者の性癖、そして「うごめく」で解釈したときの文脈上の自然さ、こういった呪縛が、「をこ(烏滸)めく」の存在を見えなくさせ、河内本帚木巻の「オゴメク」だけがほかの「オコメク」の用例から、ながいあいだ引き離されていたのだと、わたしは思う。そして、河内本が校訂本文の底本に使われなくなって、テキスト作成のさいの検討事項から外された。検討対象にならなかったおかげで、源氏物語のテキストから消えた「オゴメク」が、古語辞典では残っているのである。皮肉にも、河内本の評価の下がったことが、古語「オゴメク」を生き延びさせたのであった。

帚木巻の問題箇所は、河内本では「烏滸めきて」である。したがって、平安時代にオゴメクという語は存在しなかった。そして、青表紙本を使う今日のテキストのこの部分も、「うごめく」の意味を誘引したオゴメクが存在しなかったのなら、朝日全書・岩波大系・新潮集成のような解釈と仮名遣いは成立しないということになる。

しつこいようだが、これをもう一度整理すれば、つぎのようになる。源氏帚木巻の青表紙本「はなのわたりおこつきて」は「鼻のわたり烏滸(をこ)づきて」であり、河内本「はなのわたりおこめきて」は「鼻のわたり烏滸(をこ)めきて」であって、文意はともに、鼻のあたりをおどけて見せて、ばかみたいな様子で、である。そして、「オゴメク」なる語は青表紙本にはもちろん、河内本にも存在しなかった。つまり、平安時代の文献には見られない言葉であった。これが、国語史から見たオコヅク・オゴメクおよびオコメクの語誌である。

附記

文中、略称で示した注釈書の書誌は左のとおり（刊年は初版）

朝日全書　日本古典全書（池田亀鑑、朝日新聞社、一九四六年）

岩波大系　日本古典文学大系（山岸徳平、岩波書店、一九五八年）

玉上評釈　『源氏物語評釈』（玉上琢弥、角川書店、一九六四年）

小学館全集　日本古典文学全集（今井源衛ほか、小学館、一九七〇年）

新潮集成　新潮日本古典集成（石田穣二ほか、新潮社、一九七六年）

岩波新大系　新日本古典文学大系（今西祐一郎ほか、岩波書店、一九九三年）

二章　オゴメク幻想――「オコヅク考、オゴメク考」補訂を兼ねて

一　前稿要約――まず歴史を倒叙して

昨年（二〇〇六年）十二月、本誌（『語文研究』）百二号に、わたしは「オコヅク考、オゴメク考――帚木巻の異文の解釈」なる論稿を発表した（本書一章）。帚木(ははきぎ)巻「はなのわたりおこつきてかたりなす」（青表紙本(あおびょうしぼん)）の「おこつきて」の校訂本文と解釈、および異文「おこめきて」（河内本(かわちぼん)）との関係を考証し、今日の辞書類に著録される「お（を）ごめく」が架空の古語であることを結論づけたものであった。

だが、拙稿の叙述は、国語史と国語学史を意識的に峻別していない読者を、いささか混乱におとしいれたようである。したがって、まず補足説明をしておきたい。本稿を正確に理解していただくためにも、この説明はぜひとも必要と思われる。

前稿では、源氏物語帚木巻「はなのわたりおこつきてかたりなす」の、現在一般におこなわれている校訂本文と注釈の検討から始めた。

問題箇所の現行の校訂本文は「を（お）こづきて」である。語釈は「ばかみたいに見せて」と「ひくひく動かして」と二説がおこなわれている。前者はこれを「烏滸」＋「づく」とみた解釈である。

だが、後者の「ひくひく動かす」の解釈は、青表紙本系の本文をとるかぎり、じつはきわめて危うい。なぜなら、この語義は、『湖月抄（こげつしょう）』（延宝元年〈一六七三〉成立）が河内本の「おこめきて」を「おごめきて」と校訂したことによって起こったからである。それを後続の古学者の多くが「うごめく（蠢）」の意と理解して今日に至っており、それが紛れこんで、青表紙本の「を（お）こづきて」をも「ひくひく動かす」と解釈しているのである。

そして、『湖月抄』以前にオゴメクという語は実在しなかった。というのが、前稿において考証したわたしの結論である。オゴメクは架空の古典語であり、だから当然、オゴメク＝「うごめく」という等式も架空である。オゴメクが実在しなかったのなら、その等式が青表紙本のオコヅクに紛れこみようはない。紛れこむのは『湖月抄』以後の源氏本文の解釈であって、源氏物語が成立した時代にさかのぼって源氏物語を解釈するという、国文学のごく常識的な立場にたてば、「ひくひく動かす」という注釈は消去される。

二　おなじく前稿要約――歴史をくだって

以上が前稿のあらましである。ご覧のように、歴史を倒叙した。「歴史」は一般に、時代を下りながら叙述されるが、それは今日からさかのぼって観察した過去を再構成している場合が多く、結局、「倒叙〇〇史」と銘打った歴史とそんなに変わらない。そういった歴史記述が間違った方法だというのではない。所詮、われわれはそういう方法でしか過去を評価できないからだ。だが、こういった方法は往々にして、事実の歴史（国語史）と学説の歴史（国語学史）とを混同するという陥穽（かんせい）に、われわれをおとしいれる。

それでは、そういった混同を極力回避し、現在わかっている事実をもとにして、源氏物語成立から時代をくだって拙稿を叙述し直せば、どうなるのか。

源氏のオリジナルな姿は、わからない。われわれは、中世の源氏本文に、「おこつきて」（青表紙本）、「おこめきて」（河内本）の二通りあったという事実から出発する。そして、青表紙本は「オコヅク」（烏滸づく）であり、河内本は「オコメク」（烏滸めく）である。両語とも、中古から中世にかけての文献では、用例に事欠かない。というより、「づく」も「めく」も、接尾語としておそらくどんな名詞にもつくであろうから、用例の多寡にはあまり関係ない。いずれにしても、解釈にはさしたる相違をまねかない本文異同である。

この本文と解釈に変化がおこったのは、江戸時代初期であった。『湖月抄』が当該箇所を「おごめきて」と校訂した。だが、オゴメクは、それまでの古典文学の世界では未知の語彙であった。この部分、河内本がもとになっていることの明白な『湖月抄』が、どういう経路でそのような校訂をしたのか、そこのところははっきりしない。ひょっとしてうっかり濁点をうってしまっただけ、などというのも、稚拙なしろうと考えと一蹴すべきではない。この濁点を、古典学者北村季吟（きたむらきぎん）の所為とばかりはいえないからだ。版本になるまでには、版下書きと彫師の手を経るのである。原稿の清書も季吟だとは限らない。古典学黎明期の古典の出版物に、われわれは近代文献学の発想を持ち込んではいけない。

とにかく、本来「烏滸めく」だったものが「お（を）ごめく」となって流布した。古学者は、語感から類推してそれを「うごめく」と結びつけた。「うごめく」で解釈すればきわめて自然であることが、この説の定着に拍車をかけた。ただ、ここで注意しなければならないのは、あくまでもこれは『湖月抄』の「おごめきて」の解釈である、という点である。河内本の「おこめきて」の解釈でもなければ、ましてや青表紙本の「おこつきて」の解釈でもない。古学者が解釈していたのは、『湖月抄』が生んだ架空の源氏物語本文だった。

古学者の大半が源氏物語を『湖月抄』のオゴメクで読んでいる分には、それを混乱とはいわない。だが、近代文献学が精緻になってきて、その成果として青表紙本の学術的評価が定まった。これが解釈に混乱をひき起こす。

河内本が駆逐され、青表紙本の「を（お）こづきて」が確定的な本文となった。このこと自体は問題ない。だが、河内本がもとになっている架空の語オゴメクによる解釈は、本文批判と切り離されて、そのまま残った。これが問題なのだ。本文はオリジナルを目指したはずなのに、解釈のほうはそれからとり残されたのである。それが朝日全書の頭注、新潮集成の現代語訳であり、それらの注釈書に目配りした『日本国語大辞典』『小学館古語大辞典』の、要領を得ない記述であった。

三　補訂しなければならなくなった要因

したがって、前稿で引用した、もうひとつの用例、徒然草も、正しくは「をこめきて」である。それを「おごめきて」と引用したのは、まだ「おごめく」が架空の古語だと結論していない段階であったので、現在通行の徒然草校訂本文を使ったにすぎない。

以上の要約は、前稿執筆時点のわたしの知見と見解である。その後、補うべき点も見つかり、また若干の訂正も必要となった。

補訂の要因は二つある。ひとつは、前稿で源氏物語研究史への目配りが不十分であったことのため。もうひとつは、前稿では徒然草の用例については宿題にしておいたことのためである。徒然草のテキスト史・注釈史を精査することによって、前稿執筆のときには見えなかった事実が明らかになった。だが、「お（を）ごめく」が架空の古語であるという結論に変わりはない。というよりも、補訂すべくわたしの前に立ちあらわれた事実はどれも、前稿での結論を補訂、いや補強するための、じつに心強い味方であった。

四　用例の報告はどこから湧いて出たのか

わたしは、前稿が活字になってすぐ、残しておいた宿題にとりかかった。

蠢（うごめ）くという意味の「お（を）ごめく」が近世古学者の思い込みによる架空の古典語であるとするならば、当然、河内本帚木巻をふまえている徒然草第七十三段の「はなのほとおこめきていふは」も「おごめきて」であるはずがない。なにしろ、「オゴメク」なる古典語の用例は、この二つしか報告されていないのだ。そのうちの実質的な用例である河内本帚木巻がじつは「オゴメク」ではなかったということになるなら、いつのころからか「オゴメク」と認識されてきた徒然草の用例についても、嫌疑がかけられてしかるべきであろう。そもそもこの二例の報告は、どこから湧いて出たのだ。

わたしは前稿で、「オゴメク」という古語は、『湖月抄』が河内本の本文を使って「こ」に濁点を付したことから生まれた、というふうにとれる書き方をした。ただ、論文を読んでいただければわかることだが、はっきりとは言わなかった。はっきり言わなかったのは、もうひとつの「オゴメク」の用例である徒然草について精査しないことには、それはミッシングリンクであろうと考えたからである。残しておいた宿題とは、そのことであった。

今年（二〇〇七年）六月の九州大学国語国文学会で、「徒然草オゴメク考」と題して発表する機会をあたえられ、徒然草のテキスト史・注釈史の調査結果をもとにして、半年前の宿題を果たした。のであるが、この時点で、前稿発表以後に得た源氏研究史に関する知見も、なにがしかあった。その「なにがしか」とは源氏注釈史上の必読文献とでもいうべきもの、裏を返せば、なんのことはない、前稿はその必読文献を見落として、源氏物語語彙の考証をしていたのであった。源氏研究史への目配りが不十分であったといったのは、そういうことである。だがしかし、先に言ったように、それらは前稿の結論を覆すどころか、「お（を）ごめく」が架空の古語であるというわたしの説を補強するものであったので、わたしは得意になってみずからの失態をその場で披露した。

会場で今西祐一郎氏から、源氏物語の版本に関する質問が出されたが、そのときまでそこに目が向いていなかったわたしの答えは、要領を得ないものであったかもしれない。しかし、質問に答えながら、徒然草版本のテキスト史・注釈史を辿ったのならば、源氏物語のそれもやらねばならない、いやそうするほうがわたしの説のためには有効であろう、という感触を得た。見落とした必読文献の件も、どこかで公表する機会をつくらなければならないことだし。ということで、学会発表「徒然草オゴメク考」の内容を活字化するその前に、源氏物語の注釈史・テキスト史を辿ってみることにした、それが本稿である。

前稿の結論がいまだ仮説であるのならば、目指すところはその仮説の実証である。

五　見落としていた必読文献

わたしが見落としていた必読文献とは、あろうことか、本居宣長（もとおりのりなが）の名著『源氏物語玉の小櫛（げんじものがたりたまのおぐし）』（寛政十一年〈一七九九〉刊）であった。

周知のように、というのもまことに烏滸がましいが、宣長は源氏物語を『湖月抄』で読んでいた。

それは、全本文をもつ注釈つき版本ということでもっとも便利だからであって、けっして『湖月抄』を善本と認めていたからではない。したがって、かれは『玉の小櫛』巻四において、古写本によるテキストクリティークをおこなっている。この本文批判は、凡例と読みあわせてみれば、「をこづく」のほうを善しとするごとくであるが、巻六の源氏本文の注釈では、河内本本文のほうを見出しにして、つぎのように言う。

> はなのわたりをこめきて　俳優めきたる顔をして也、西宮記に、「右近衛内蔵の冨継長尾の末継、散楽を善くす、人合つて大いに咲ふ、嗚呼の者也」、註に「をかしきをこらへたるさま也」といへるは、ひがこと也、こもじを濁るもわろし、

『西宮記』の散楽演者の「嗚呼の者」から「俳優（道化役者）」→「嗚呼めく」に短絡させることの当否は別にして、宣長は、「こもじを濁るもわろし」と言って、河内本本文の「おこめきて」がオゴメクではなく、オコメクすなわち「嗚呼（烏滸）めく」であるとする。これは、わたしが前稿で論証した結論と一致する。宣長の注釈は、わたしが三十枚の原稿を費やして考証した結論を、ひとことで片付けていたのである。宣長という先行研究を見落としたことの言い訳に聞こえるだろうが、宣長先生の言は、わたしの考証の正当性を支持するリトマス紙であった。

それともうひとつ、これもほぼおなじころに知ったのであるが、わたしにとって心強い味方が出現した。中世の源氏注釈の代表『花鳥余情』（一条兼良著）に、

> はなのわたりをこめきて　をこめくはをこつくといふかことし

とあることであった（兼良自筆本、阪本龍門文庫覆製叢刊の影印による）。これこそ、河内本の「おこめく」は青表紙本の「おこつく」とほとんど意味が変わらないというわたしの見解を裏付けてくれる。

　兼良の説はそのまま『岷江入楚』などにも踏襲されるのであるが、古学派が主流の近世から現代の源氏注釈では、ほとんど無視されているようであった。それどころか、宣長の斬新な指摘さえも、河内本の本文に言及したものであったためか、青表紙本をもって良質本文とする戦後の頭注形式の注釈書では、触れられる機会がなかった。そのため、古語辞典のたぐいも、『玉の小櫛』のこの記述を無視し続けてきた。

　ただ、わたしには、宣長の一文に出会ったとき、ひそかにある予感があった。宣長の指摘が近代の源氏注釈でとりあげられることがあるとするなら、それは島津久基の『対訳源氏物語講話』（矢島書房、一九五〇～五七年）であろう、と。島津の愛弟子である今井源衛先生が、この名著を称して、

「饒舌すぎて、脇道にそれるのが玉に瑕だ」

といいながら、そこがなんともいえない魅力なんだなアと言いたそうに、恩師を偲んでいたのを思い出す。演習の下調べも忘れて、源氏の脇道に誘いこまれて名調子の講義に読みふけった、あのころの研究室の書庫が懐かしい。

　そういう予感があったから、じつは島津の著作の確認をためらっていた。はたして今西氏から「あるよ」と言われて、観念して国会図書館に足をはこんだのである。『対訳源氏物語講話』の該当記事は、案の定、中世から近世にかけての源氏注釈史をもふまえた、すなわち『玉の小櫛』も『花鳥

余情』も織り込んだ、博引旁証を絵にかいたような、七ページ以上の詳細な論文であった。

島津にしろ宣長にしろ、さらには兼良にしろ、源氏の専門家なら最初にあたってみる文献である。それに思い至らなかったのは、いくら門外漢とはいえ、粗忽のそしりはまぬかれまい。わたしにとって救いだったのは、三人とも「超」の字がつく格上の学者だったこと、島津の興味がわたしの結論の方向に行っていなかったことであった。宣長のひとことは証明を欠いた定理のようなもので、たとえてみれば、わたしは、フェルマーの最終定理を、その定理の存在さえ知らずに証明した、などといったら顰蹙(ひんしゅく)をかうだろうか。

いずれにしても、それらを知ったのが論文発表以後だったことは、わたしにとって幸運だったといえる。なぜなら、あらかじめ先行研究を知っていたら、源氏や国語学の論文を書くモチベーションなど、はなから持たなかったであろう。

六　中世前期の源氏学――注釈以前

まえおきが長くなった。では、以上のことをも盛り込んで、源氏物語帚木巻の問題箇所の注釈および本文について、ここでも時代をくだりながら辿ってみたい。時代をくだるのは、後世の源氏読解でもって刷込(すりこ)まれる予断を排除するためである。むろん、後世の研究者であるわたし自身がそれを百パーセント実現できるとは思わない。だが、歴史の相対化に自覚的であろうと戒めていることを、ここで明言しておきたい。

周知のことだが、源氏物語の本文は、平安末・鎌倉初期の時点で、かなり混乱が進行していた。そこで藤原定家（ふじわらのていか）は家中の小女に手伝わせて、証本を作った。この定家の本文整定の事業をもって、源氏物語研究の劈頭（へきとう）と見なしたい。定家よりすこし遅れて、鎌倉幕府に仕えた源光行（みなもとのみつゆき）・親行（ちかゆき）父子も本文の校訂をおこなった。光行は定家より一歳の年少で、俊成（としなり）の弟子である。親行は幼少のころから定家に学んだといわれる。この二本が以後の源氏本文の祖となる。前者の伝本を「青表紙本」、後者のそれを「河内本」と呼ぶ。

源氏伝本の詳細に筆を割くゆとりはないので、ここでは、ごく大雑把にいう。青表紙本は、校合作業の過程で生じた不審については、なるべく手を加えない、すなわち不審は不審のままにするという姿勢をとった。したがって、底本として使った本のおもかげを残しているといわれる。底本が何であったか、具体的には不明ながら、碩学（せきがく）定家のおめがねにかなった良質の本文であったにちがいない。こんにち、青表紙本が尊重されるゆえんである。

それに対して、河内本は積極的に不審を解消する方針をとった。底本および校合本の、短を捨て長を取ったのである。そのため、河内本本文は、こんにち、混成本文と見なされ、この「混成本文」という言い方には、望ましくないという意味あいがこめられる。こんにち、古典叢書類の底本に採用されることのないゆえんである。

しつこく傍点まで付して繰り返したのは、青表紙本・河内本に対する右の評価が、まさに「こんにち」的文献学の思想の産物にほかならないからである。本文校訂の王道が、本文系統の純粋性を守ることなのか、それとも不審はのこさない合理的な本文を確定するものなのか。近代の文献学が前者だからといって、中世の文献学もそうだったとはかぎらない。ましてや、そうであるべきだなどとは言えない。定家は本文の混乱ぶりについて「尋求所々、雖見合諸本、猶狼藉未散不審」(『明月記』)と嘆いたのだが、この嘆きを額面どおりに受け取るとするなら、不審に手をつけなかったのは、学問的慎重さというより、判断を留保しただけ、留保せざるを得なかっただけ、という見方もできるであろう。

　中世の文献学の思想は、近代のそれとは違うだろう、そう考えるのが歴史を学んだものの理性である。近代になされる優劣の判断も、中世における優劣の規準と一致するとはかぎらない。たとえば定家の源氏学を相伝した三条西家(さんじょうにし)の証本の一本(書陵部蔵本)が確かに「おこつきて」でありながら、おなじ三条西家証本を称する別の本(日本大学蔵本)は、「おこめきて」である。そして、「め」のかたわらに「つ本」とある注記が、「つ」を「め」に改訂したという意味であるならば、この改訂者の文献学は、青表紙本と河内本の本文の交流を考えない池田亀鑑(いけだきかん)式近代文献学では説明できない。それに不満を言い募るのは、本稿第二節にいったような、事実の歴史と学説の歴史とを混同するという陥穽(かんせい)に嵌(は)まり込んでいることにほかならない。

　したがって、『湖月抄』では青表紙本系と河内本系どっちが優勢?、といった議論もそれほど有意義だとは思えない。『湖月抄』の本文がどちら系か見極められない、これまた混成本文だからといって、それが『湖月抄』の瑕(きず)になるものでもない。

わたしの議論にとって肝腎なのは、問題箇所に二通りの本文があったという事実なのである。そして、二つのオコはともに「烏滸(痴)」であって、どちらの本文であってもかけ離れた解釈を誘引しない。ならば、中世の学者は、これを本文系統の相違と結びつけようとも意識しなかったであろう。おまけに、この二つの語は、中世初期においては現代語であった、というのが言い過ぎなら、かれらに古語というほどの古めかしさをまだ感じさせなかった。すなわち自明の言葉であって、とりたてて語義注釈すべき対象ではなかった。

混乱の環境は、それを注釈しなければならなくなって作られる。

七 室町時代の注釈――国語史上のオゴメク

南朝の長慶(ちょうけい)天皇の著作『仙源抄(せんげんしょう)』(弘和元年〈一三八一〉成立)は、最初の源氏物語語彙辞典であるが、その専順(せんじゅん)筆写本(新校群書類従所収)に、

をこめいたる　嗚呼也

という項目とその注記がある。源氏物語の語彙に限った場合のオコメクに関する記述のごく初期であろう。もっとも、この記述は具体的には初音(はつね)巻にある「オコメク」について言ったものと考えられる。天皇の身近にあった帚木巻が「おこつきて」「おこめきて」のどっちだったかは、わからない。

想像するしかないが、帚木巻の例がないということは、「おこめきて」のほうであったとするなら、天皇の著作には、最初の出現例である帚木巻の例が登録された可能性を捨てきれないからだ。そして、そのさい、帚木巻の「オコメク」だけを初音・常夏・総角などのオコメクと切り離すことはないであろうから、ならば、そのときの注記も、当然、「鳴呼也」となるはずである。

帚木巻の当該箇所が注釈史のうえに登場するのは、どうやら室町時代になってからのようである。正徹の『源氏一滴抄』（永享十二年〈一四四〇〉）は本文を抜き出しただけのものであるが、「おこつきて」の下に小書きで「鳴呼」と注記している。そして、源光行・親行父子の校訂本文「おこめきて」が注釈される初めは、先にも言った『花鳥余情』（文明四年〈一四七二〉）であった。もう一度引用すれば、

はなのわたりをこめきて　　をこめくはをこつくといふかことし

である。『花鳥余情』執筆にさいして著者兼良のかたわらにあった本文が「をこめきて」であったことを示す。兼良の念頭に異文の存在があったとしたら、これはさしたる意味の違いはないという注釈である。もし異文の存在を知らなかったのなら、同義の言葉に置き換えたにすぎない。いずれにしても、この「をこめく」はオコメクすなわち「鳴滸めく」であるということの証言にほかならない。

そして、『花鳥余情』のこの記事は、本稿にとっては、源氏注釈史においての意味よりも、国語史上の意味が重要となってくる。すなわち兼良とその同時代人はこれをオコメクと発音していたは

ずで、ということは、「オゴメク」などという言葉は、室町時代語にもなかった、中古・中世にそのような語は実在しなかったという、わたしの説を裏付けるなにものでもない。十五世紀後半でもまだ、「オゴメク」（蠢く）という言葉は、文献上にあらわれていないということになる。

それから約二十年後の『一葉抄』（藤原正存著、明応四年〈一四九五〉）には、

はなのわたりをこつきて　おかしきをねんしたるさま也　一本をこめきてとあり

（源氏物語古注集成九、底本狩谷図書館蔵写本）

とある。この注釈書の底本本文はオコヅク。異文の存在にも触れているが、これもオコメクという認識だったと考えるほうが自然である。そして、この注釈文の「ねんしたる」は「念じたる」、おかしいのを我慢している様子だという解釈であるが、これはオコヅクの語義を言っているわけではないということに、ぜひ注意しておきたい。この注釈文には、さらにもうひとつ、注目し記憶しておくべき点がある。次章で改めて再説するつもりだが、それは、この一文が、江戸時代においては源氏物語よりもむしろ、徒然草の「鼻のほどおごめきて」の注釈として機能している、ということである。

オコヅクの語義を言っているわけではないのは、十六世紀中葉成立の『万水一露』（永閑著）のつぎの記述も同様であろう。

はなのあたりをこつきてかたりなす　鼻のうこく心也

（寛文三年刊版本による）

オコ（烏滸）ヅク行為が「鼻のうごく」動作になるという解読である。

そして、中世も最後にさしかかった文禄三年（一五九四）、それを締め括るかのように、『花屋抄』（花屋玉栄著）につぎのようにある。

こゝろはえなからはなのあたりおこめきて　心はえなからとは心に申へきやうはうかめなからしよていをしてはなをおこ〳〵としてかたる也　うそかましきかほつきの事也　おこつきてと有本もあり　何も同し事也

未刊国文古註釈大系所収の活字本はすこしく頼りないので、引用には身近な写本の内閣文庫本を使った。これに漢字をあてて校訂すれば、「心は得ながらとは、心に申すべき様は浮かめながら所体をして、鼻をオコオコとして語る也。嘘がましき顔付きの事也」となる。「オコオコとして」は「烏滸烏滸として」であって、「おこつきてと有本もあり　何も同し事也」は、『花鳥余情』の説明をかなりわかりやすくし、この注釈者の使った源氏底本も「オコメク」であったことを証明する。

八　江戸初期のテキストと注釈――帚木巻「オゴメク」の出現

王朝文学作品のテキストは、中世期に書写されたものに濁点は付されていないのが一般である。江戸期になって書写されたり梓に上せられたりしたものも、しばらくそれを継承するが、やがて、いわゆる読み癖を意識したものがあらわれはじめ、濁点を使用したテキストが作られるようになる。源氏物語版本についていうなら、古活字版の時代は、写本時代にならって濁点を使わないので、問題箇所が青表紙本系であっても河内本系であっても、版面からの清濁の判断はできない。また、写本の場合、濁点が付されてあっても、その付された年代がはっきりしない場合が大半である。本文は古くても、音読用に付される濁点は新しいということも予想され、その見極めは慎重を要する。というよりも、へたに見極めようとするのは、危険である。

ここに、先の『花屋抄』から関ヶ原を隔てて四十五年後の寛永十六年（一六三九）、源氏物語語彙辞典のひとつ、『続源語類字抄』（猪苗代兼也著）がある。これに、帚木巻の「鼻のあたりをこつきて」を説明して、

おかしき時は鼻をこめく事也　（源氏物語古注集成二十一、底本内閣文庫本）

とある。一見すると『花鳥余情』と変わらないようだが、わたしにはいささかの違和感がある。これを『花鳥余情』や『花屋抄』と同質の注解と見られないそのわけは、『花鳥余情』『花屋抄』がオコメク（烏滸めく）を説明するのにオコヅク（烏滸づく）をもってしていたのに対して、近世初頭の連歌師は「をこつく」を「をこめく」で説明したこと、である。注釈される語と注釈用の語とが入れ替わっている。

『続源語類字抄』の「をこめく」はすでに、オコメク（烏滸めく）ではないのではないか。もっとも、この注釈文は、おなじ連歌の家の古典学者の手になる『紹巴抄』（永禄六年〈一五六三〉ごろ）の「をこつきて　をこめく事なり」を踏襲しているとも考えられから、わたしの違和感は、あるいは勇み足であるかもしれない。だが、後続の版本テキスト類から推し測ってみると、まんざら当たってい

なくもないように思われる。

慶安三年(一六五〇)刊行の『絵入源氏物語』(山本春正編)は、おそらく最初の濁点付き源氏テキストと思われるが、問題箇所の本文は、

はなのわたりおこめきてかたりなす

と河内本系のそれである。この部分、濁点はみられない。この版本の濁点は厳密とはいえず、したがって、濁点の有無でもって、清濁の判定はできない。だが、「め」の仮名の右側に「つイ」と異文の校異を記す。

そして、寛文三年(一六六三)、前掲の注釈書『万水一露』が刊行された(濁点表記なし)。もう一度引用すると、

はなのあたりをこつきてかたりなす　鼻のうこく心也

それから十年後の寛文十三年、『首書源氏物語』(一竿斎著)が出版された。首書(頭注)に『万水一露』を引くことの多い注釈書である。それには、

はなのわたりおごづきてかたりなす

とある。そして、頭注して、

或抄　我もおかしくて鼻おこめく也

とする。この版本の濁点も、お世辞にも厳密とはいえない。本文の「おごづきて」も、これでは意味をなさない。頭注の「鼻おこめく也」は、そこに『万水一露』の影響を考えるなら、「うごく」

の意味だととれるし、そのほうが注の文章としても自然である。とすると、頭注の「おこめく」は、語感からいってもオゴメクに結びつきやすい。いや、帚木巻の「をこめく」を当時確かにオゴメクと発音していた事実を示す資料が、すでに存在する。

それは、『源氏清濁』という読み癖資料（京都大学国語国文学資料叢書所収）で、後水尾院サロンの中心人物であった中院通村の手になる。書名からもわかるように、源氏物語の語彙の清濁を記したもので、後水尾院周辺の源氏音読の実態がしられる恰好の資料である。それによれば、帚木巻のこの語の見出しは、

おこめきて

である。そして、これには二種類の声点が左右にあるのだが、二つとも「て」に濁音符が付されている。これは、「をこめくはをこつくといふかことし」と言った一条兼良説を否定するものである。通村の没年は承応二年（一六五三）であり、『源氏清濁』も当然それ以前であるのだから、『首書源氏物語』の頭注「鼻おこめく」が「鼻おごめく」である環境は、十分整っている。「鼻おごめく」であるなら、首書（頭注）は河内本本文の語義を言ったことになる。また、先の『紹巴抄』にやはり声点の付された江戸初期写本が伝存しているが（稲賀敬二蔵）、それにも「こ」に濁音符がつく（翻刻平安文学資料稿による）。

『源氏清濁』でもうひとつ注目すべきことに、総角巻のところに「おこめき」も掲出されているのだが、こちらの見出しの「こ」には清音符が添えられている。これが何を意味するのかといえば、

いる。愚かなさまである。「・－びたるものなりけり〔流布本十訓〕」
おこめ・く【《痴めく》】をこ－（動）（文カ四）愚かなように見える。ふざけた様子をする。「－い給へる大臣〔源・常夏〕」
おごめ・く【（蠢く・（蠢《動く》】（動）（文カ四）ぴくぴくと動く。わずかに動く。うごめく。「鼻のわたり－きて〔源・帚木〕（一本）」
おこも【《御《薦》】（薦をかぶるので）乞食（コジキ）をいう幼児語・女性語。「－さん」

なる。「皇
訓」」⑤【（
盛んにな
るかな〔公
おご・る【（驕
たかぶる
論天安点
りたる声
らざらむ
霧」」③気

新潮国語辞典第二版

中世期には初音・常夏・総角などのオコメク（前稿参照）とおなじ語と考えられていたであろう帚木巻のオコメクが、近世初期にはそれらから引き離されて、異なる語「お（を）ごめく」と認識されるに至ったということである。それは、帚木巻のみこれをオゴメクと発音したからであった。

かくしてここに、「お（を）ごめく」という新しい語形ができ、それに「蠢く」という語義が当てはめられたのであった。

『湖月抄』の成立とされる延宝元年（一六七三）は、すなわち『首書源氏物語』刊行の寛文十三年である。『湖月抄』に『首書源氏物語』の影響があるのは、すでによく知られていることだし、『首書源氏物語』が『万水一露』のこれまた影響下にあるのは、頭注にしばしば引用していることで明白である。『湖月抄』では、問題箇所の本文は、

はなのわたりおごめきてかたりなす

である。この「おごめく」が近世初期にあらわれた、新しい古典語であることは、贅言を要すまい。以後、「お（を）ごめく」は、源氏注釈の世界では、河内本本文に言及したときのみ「蠢く」とい

う自明の語義をもってひきあいに出される。宣長の否定説は一部の古学者（石川雅望『源註余滴』）に支持されたが、近代になって前掲島津以外に顧みられたことはないといっていい。古語辞典の世界では、仮名遣いに問題をのこしながらも（『疑問仮名遣』参照）、前ページ図版に見るように、お隣さん同士に引き裂かれたまま登録されて、現在に至っているのである。

九　次稿予告――ミッシングリンクを求めて

かつてオコメクと読まれていた源氏帚木巻の「おこめく」が、江戸時代になっていつのころからか、それまで古典語彙になかった語形オゴメクと認識されていた（『源氏清濁』など）。それらしい語義も付与されて、宣長が指摘するまで、いやその後も、源氏学者のあいだで定着していた。オゴメクと発音したから蠢くと解釈したのか、蠢くという意味が先に立ったからオゴメクと読んだのか。これは、だが、源氏物語を眺めていただけでは埒があかない。

前稿「オコヅク考、オゴメク考」のとりあえず訂正すべきところは、オゴメクが『湖月抄』によって生まれたのだろうという推定である。以上に見てきたように、『湖月抄』以前に種が蒔かれていたことは明らかになった。だが、どういう蒔かれ方をしたのか。もうひとつの用例、徒然草の「オゴメク」の森に入っていかないことには、失われた輪（ミッシングリンク）は見つからない。

そして、結論のひとつを先に言ってしまうが、「オゴメク」が近世初頭の新しい古語であったの

とおなじように、『湖月抄』のその傍注、

　おかしきを念したるさま也

も、中世の源氏注釈書の説を引き継いだというよりも、そのころ常套句化していた徒然草注釈の一文であったことも明らかになるであろう。

そう、宿題の解答はまだ終わっていないのだ。

三章　徒然草「鼻のほどおこめきて」考――続オゴメク幻想

かつあらはるゝをも顧みず、口に任せて言ひ散らすは、やがて、浮きたることと聞ゆ。また、我もまことしからずは思ひながら、人の言ひしまゝに、鼻のほどおごめきて言ふは、その人の虚言にはあらず。げに〲しく所々うちおぼめき、よく知らぬよしして、さりながら、つま〲合はせて語る虚言は、恐しき事なり。

〔現代語訳〕言っているはたから嘘だとばれるのも構わず、でまかせにしゃべり散らすのは、根も葉もないことだとすぐにわかる。また、自分でも信じていないくせに、人の言ったとおりに、鼻のあたりをうごめかせて語るのは、その人の作った嘘ではない。いかにももっともらしく、ところどころを曖昧にして、よくは知らないふりをして、それでも辻褄をあわせて語る嘘は、恐ろしいことである。

一　議論は文献学上の問題となる

徒然草第七十三段、世の中の嘘偽りというものについて語ったところの一節である。右の本文は、定評ある西尾実校訂の最新版（岩波文庫、新訂版は安良岡康作と共著）を借りた。西尾校訂本は、戦前から一貫して、その底本に慶長十八年（一六一三）古活字版を使用する。本稿で問題とする箇所の底本の正確な表記は「鼻のほどおこめきて」であり、西尾は濁点を補ってそれを「鼻のほどおごめきて」と校訂した。

徒然草のこの部分は、河内本の源氏物語帚木巻をふまえた表現である。このことは徒然草注釈史の劈頭『徒然草寿命院抄』（慶長九年刊）以来ずっと指摘されてきており、源氏の本文研究が進んだ昭和以後は、作者兼好法師の座右にあった源氏物語が河内本系本文であったことの証拠として、よくひきあいに出されてもきた。

わたしは、河内本帚木巻の「おこめきて」について、前々稿（本書一章）・前稿（同二章）において繰り返し、これが従来いわれているオゴメクではなく、オコメクであったこと、そして「オゴメク」なる言葉は中世以前に実在しなかった、近世の源氏学者の作った架空の古典語であった、ということを考証した。そして、そうであるとするならば、右に引用した徒然草本文「鼻のほどおごめきて」は、間違いということになる。このことは、前々稿ではそれとなく匂わせた（つもりであった）。前稿では、「おごめきて」であるはずがない、と明言した。

繰り返す。わたしが得た国語史の知見が教えるのは、中古・中世にオゴメクなる言葉はなかったということである。近世から近代にかけてオゴメクと認識された古語は、じつはオコメクであった。徒然草の問題箇所も当然、「オコ（烏滸）メク」である。

したがって、本稿で議論すべきは、河内本源氏も徒然草も、オコメクという言葉が忘れられて、どういう経緯でそれが「お（を）ごめきて」と校訂されるに至ったのかという、純粋に文献学上の問題でなければならない。

二　古語の清濁とその校訂

いうまでもないことだが、中世から近世初頭にかけて、古典文学作品の書写に濁音符の使用はないのが普通である。江戸時代初期の刊本も同様。やがて、写本でも版本でも、一部で濁点の使用が始まる。だが、この時代の文学作品のテキストの清濁表記は厳密でないというのが、専門家のもつ経験則である。今日一般に、中世以前の文学作品の翻刻校訂には、この無濁点時代あるいは濁点使用揺籃（ようらん）期の写本・刊本が底本として使われる。だから、無濁点のテキストはもちろん、濁点使用のテキストを底本に使う場合においても、濁音であるべきものには濁点を補う、これが国文学の慣習である。濁点を補うことに、われわれはほとんど違和感をいだかない。ただ、古い活字校訂本では、江戸期の写本・版本と同様、その濁点のうちかたが惣じて杜撰であった、というのが言い過ぎなら、いたっておおらかであった。

濁点を補うというこの行為を、よく、通読の便に配慮してといった読者サービスのごとくに考える研究者がいる。だが、それはまったくもって心得違いであろう。おおらかな翻刻で許された時代はともかくとして、今日の国文学の校訂作業では、濁点をうつかうたないかは、すぐれて学問的な判断を迫られるからである。原本忠実主義を標榜するのは、判断することに臆病であるにすぎない。もちろん、そうでなければならない資料や局面もあることを否定はしないけれど。

濁音かそうでないかの判断は、国語史に関する知見による。であるから、その知見に変更が生じれば、それにともなって、濁点を付すか付さないかの規準も揺れてくる。たとえば、現代語で「ソソグ（注ぐ）」という言葉は、古語でもソソグだと考えられていたから、ためらうことなく「そそぐ」と校訂された。だが、亀井孝によって、江戸時代初期以前はソソクだったということが明らかにされた（『国語と国文学』二十四巻七号「ソソク>ソソグ」、一九四七年七月）。亀井の説はまず国語学の世界で認められる。やがてそれが古典本文校訂に生かされる。今日では、だから、近世初期以前成立の作品の本文は、これを「そそく」とするのが学問的な校訂ということになる。それでも「そそぐ」とする場合は、規準上の固有の論理（たとえば、清濁はいっさい現代語音に従う、といったような）を用意しなければならない。ソソグ・ソソクにかぎらず、昨今、古語の清濁に関しては、研究者のあいだで、厳密であるべしという傾向にあり、今後もこの種の問題の複雑化は予想される。

それはともかく、右の伝でゆけば、冒頭引用の徒然草の校訂本文「鼻のほどおごめきて」は、オゴメク（蠢く）という古語の存在が自明であるという前提にたっている。そして、その前提になる知見を、わたしは否定した。徒然草成立の時代に「オゴメク」という語は存在しなかった、と言った。わたしの説が学問的に認められるならば、今後、当該箇所は、「鼻のほどをこめきて」と翻刻されねばならない。ソソグ・ソソクの場合は同一の言葉の発音の変化にすぎないが、オゴメク・オコメクは、まったく別語であり、しかも一方は実在が疑われているのだから、なおさらである。規準上の論理も、ここでは適用されない。

三 「おこめきて」も捨てたものではない

国語史の知見がオゴメクの存在を疑わなかったこれまで、この問題にもっとも深入りした徒然草注釈書は、田辺爵の『徒然草諸注集成』（右文書院、一九六二年）である。しかしながら、「結論をいえば語義不明である」と始めから結論を放棄しておこなう語義考証は、はなはだしい混乱をきたしている。

徒然草本文とは関係のない源氏青表紙本のオコヅク・オコツクまでを本格的な検討の対象にした考証自体、その時点において議論の核心からはるかに遠ざかってしまっている。『玉の小櫛』や『花鳥余情』もひきあいに出されてはいるが、そのためなのか、徒然草語彙の考証であるはずなのに、源氏物語のそれをやっているのではないかと思わせられて、紛らわしいことこのうえない。また「を・お」の表記についても、仮名遣いに関する認識が不十分であるため、定家仮名遣い・契沖仮名遣い・歴史的仮名遣いの混同が見られるようであり、読むものをいたずらに混乱させる。読者を混乱させるだけでなく、著者自身も混乱して着陸不能の結論で終わっている、とわたしは見る。したがって、本文を「おこめきて」と処理して通説に異をとなえているかに見えながら、だが、その明確な根拠は出し得ていない。校訂本文「おこめきて」が考証とどのようにつながっているのか、理解しかねる。考証の収拾がつかなくなり、それをふまえた判断はあきらめて、とりあえず底本（烏丸本）のままにした、としか思えない。せっかく紙幅を費やしながら、考証が徒労に終わっている。

新日本古典文学大系（久保田淳校注）は、これまであまり使われなかった正徹（しょうてつ）本（後述）を底本にしたところが新しい。本文を「おこめきて」とするところも、従来の徒然本文と異なっている。ただし、語釈の「小鼻のあたりを動かして言う嘘は」は従前の口語訳となんら変わるところなく、引用する源氏本文についての解釈も、わたしのそれとは一致しないようである。この徒然草注釈にも、「おこめきて」とする校訂本文の明確な根拠は見えてこない。

だが、はっきりした根拠をもって「おこめきて」の可能性を考えた研究者、言い換えれば、濁点を補う慣習を持ち込んでくることに抵抗感をもった研究者が、皆無だったわけではない。たとえば、三木紀人は講談社学術文庫『徒然草全訳注』で、本文は「おごめきて」と処理しながら、「おこめきて」も捨てがたい旨の注釈を付している。底本の慶長十八年古活字版の「こ」に濁点がほどこされていないというのが、その理由であった。すこぶる単純でわかりやすいこの理由は、しかし、濁点は補うものだという国文学の本文校訂の慣習・常識を知らないゆえの躊躇ではない。

慶長十八年刊古活字本は、烏丸光広（からすまるみつひろ）の奥書も一緒に組版した、いわゆる「烏丸本」と通称されるもの。信頼するに足る本文として、江戸期には整版本や注釈書の底本に使われ、また近代になっても、ひとり西尾に限らず、これを使って活字化するのが、徒然草本文研究の主流であった。昭和初期、最古の写本と目される正徹書写本（静嘉堂文庫蔵、永享三年〈一四三一〉の年記あり）が学界に紹介され、その後も室町期書写の注目すべき古写本が出現したが、烏丸本の評価はそれによって下がることはなかった。これはひとえに、光広の奥書がこの活字本の権威を保証していたからである。

光広奥書の内容については、種々の解説書に触れられていることでもあるし、とくに安良岡康作『徒然草全注釈』（角川書店、一九六八年）には注釈解説もそなわっているので、詳細はそれらに譲り、ここではかいつまんで述べる。

——三宅亡羊（みやけぼうよう）なる儒者が徒然草を上梓するため写本をもたらし、それに句読・清濁を質した。光広はそれに応じ、ついでに本文の校訂にも手を出した。

つまり、該書は、古今伝授（こきんでんじゅ）をうけた近世初期の代表的文人の校訂になる本文であった。とくに句読・清濁については、亡羊から質問されたところでもあるので、慎重を期したと考えられる。烏丸本徒然草は、近世初期以前のほかの古典古写本や刊本と違って濁音表記がなされており、その清濁の区別はかなり精確、というのが専門家のあいだでの常識である。だから、「鼻のほどおこめきていふ」は、最終的に通説「おごめきて」にあわせるにしても、烏丸本徒然草の性格を知っている研究者ならば、三木のように、たちどまって清濁の問題を一考しなければならないものであった。

三木は、一度は疑ってかかり、それでもなお通説にあわせた。それは、さしも慎重な光広もこの箇所は濁点をうち忘れたのであろう、という判断である。

だが、はたして、そうであろうか。

四　光広に清濁の迷いはなかった

確かに、光広がいかに慎重であったとしても、人間のすることであるから、間違いは避けられない。清音であるべきなのに濁点が付される、また濁音であるべきなのに濁点が付されない、といったことが絶対ないとは保証できない。いや、あるのが普通であって、光広とて、例外ではなかった。時枝誠記（ときえだもとき）編『徒然草総索引』（至文堂、一九五五年）によれば、つぎの六箇所、文脈上あきらかに清音であるはずの箇所に濁点がある（傍線白石）。

酒宴ことさめて、いかゞはせんどまどひけり。（第五十三段）

寸陰おしむ人なし。これよくしれるがをろかなるか。（第百八段）

一には物くるゝ友、二にはくすし、三にば智恵ある友。（第百十七段）

万の遊にも、勝負をこのむ人は勝て興あらんため也。をのれが芸のまざりたる事をよろこぶ。（第百三十段）

夜に入て物のばへなしといふ、いと口おし。（第百九十一段）

夜なればことやうなりとも、なべたる直垂、うち〱のまゝにてまかりたりしに、（第二百十五段）

人間の避けられない間違いは、これだけではない。右の例は、濁点の付されてあるものについて、文脈から慎重に判断したものである。ほかに存疑のもの、文脈による判断のできないものは、除かれてある。それら除かれたものが間違って付されたものでないとは、もちろん確言できない。

さらに、われわれは濁点の付されていないものについても、懐疑をさしはさまなければならない。それが濁点の不注意な欠落であるのか、そうでないのか、はっきりしないことが多い。単純なものなら、第九十九段の、

たやすくあらためられがたきよし、故実の諸官等申ければ、其事やみにけり、

など、これは文脈から濁点の欠落と判断できる。それに、ほかの箇所の用例と照らして、濁点欠落と見なせるものもある。たとえば、第百三十四段、

雪のかしらをいたゞきて、さかりなる人にならび、況及はざる事を望み、かなはぬ事をうれへ、来らざることをまち、

の「及はざる」は、他がすべて「及ば」「及び」であること、またこの語にオヨフという語形が想定しにくいことから考えれば、単純な濁点の付け落としと見なしていいだろう。

第七十三段の「おこめきて」も、従来ずっと、この手の不注意と考えられていたのであった。オゴメクの存在を疑わなかった近代の国文学では、だから、ここに濁点を補った。

光広校訂本が間違いの少ないテキストなのか、そうでないのか。そういったことを客観的に測れる物指しがあるなら教えてほしいところだが、うかつに判断できないものをふくめても、わたしは、間違いのきわめて少ない、神経の行き届いた良質の本文だと思う。それは、いわゆるムと発音すべき「ふ」表記が一例の齟齬(そご)以外、厳密に書き分けられていることからも裏付けられる。

この時代の表記の習慣として、「楽しむ（み）」「眠る」「傾く」「寂し」などのマ行音節の表記にはハ行の清音仮名を使う、という表記法がある（坂梨隆三『近世の語彙表記』武蔵野書院、二〇〇四年）。これらの語でハ行表記をしていれば、発音はム。これは裏を返せば、バ行表記ならば、バ行の音節をあらわしているということである。こういった例に該当する語彙で、烏丸本徒然草に複数の仮名書き出現例のある語は、「とぶらふ」（第七十六段）・「とふらひ」（第百四段）以外、表記に混乱がみられない。光広の校訂にしたがえば、「眠る」はネムルであり、「寂し」はサビシである。「訪ふ」の例は、第七十六段のときはトブラウと認識し、第百四段のときはトムライと認識したと考えれば、認識の混同ではあっても、表記の間違いではない。いや、このころは二つの語形が並存していたと考えるのが普通だから、ある意味、認識の混同ともいえない。

そして、わたしが前々章・前章で縷々論じたところの、オゴメクが中古・中世に実在しなかった言葉だという国語史の知見をここに繰り込むならば、光広の校訂本文「鼻のほどおこめきて」は、濁点の不注意な欠落でないこと、明々白々となる。二条派古典学を家学とする烏丸家の当主、ということは、すこぶる保守的ということの代名詞でもある。だからといって、光広は保守主義者の確信をもって濁点をうたなかった、わけでもない。なぜなら、これは確信をもつまでもなく、清音であることが自明の言葉なのだから。近代の国文学者がためらわずオゴメクとするように、光広はためらわず自然に「オコメク」と認識するのである。保守的であろうがなかろうが、オゴメクという言葉を知らないのだから、ここで清濁の迷いが生じるはずはない。

繰り返す。光広は、濁点をうち忘れたのではない。後世の国文学者によって濁点が補われるなども、露ほども思っていなかった。

それでは、なぜ、徒然草の本文は、本稿冒頭のようなテキストが通行するようになったのだろうか。そして、そこに源氏物語帚木（ははきぎ）巻のオコメク（あるいは架空のオゴメク）がどのように絡んだのだろうか。

五　古典注釈における語義注と文脈注

徒然草のテキスト史・注釈史の検討に入る前に、明確にしておきたいことが、ひとつある。前章の源氏注釈史の叙述にも、これは深くかかわっている。

それは、およそ古典文学作品を読み進めるうえで必要とされる注釈には、二つの異なったレベルの注があり、普通の注釈書ではそれが混在している、ということである。ひとつは被注語の語義を記述したもの、もうひとつは話の筋や文脈や登場人物の状況心理などを読み解いたもの、である。いま、仮に前者を「語義注」、後者を「文脈注」と呼ぶことにする。ひとつの注釈書に、この二つの異なったレベルの注が混在していても、注釈を頼りに読むにあたっては、普通、そのことは障害にならない。それどころか、混在していたほうが、おおむね注釈としてはプラスに作用する。であるから、注釈の利用者だけでなく注釈者本人も、それを混在と意識することは少ない。

この語義注と文脈注は、もともと明瞭に区別することのできるものである。が、時代をかさねると、その境界線が曖昧になってくる。読み手の時代に死語となったような古語においてはとくにそうであり、被注語と文脈注が固定化してしまうと、本来は文脈注だったものが語義注として機能することもある。

たとえば、源氏物語須磨巻に「枕をそばだてて四方の嵐を聞きたまふに云々」という有名な一節があるが、作者が白氏文集の詩句を正確に理解して「枕をそばだてて」と表現したと見なして付す語義注は、「枕を〜して」とならねばならない（戸川芳郎「「攲枕について」補論」『汲古』十四号、一九八八年）。これに「耳をすまして聞く」といったような注釈をすれば、それは文脈注ということになる。ところが、注釈者や読み手にとって「枕をそばだてる」という語句の具体性がうすれてくると、本来の語義が次第に忘れられ、文脈注のほうが前面に出てきて、「枕をそばだてる」の語義が「耳をすまして聞く」であると錯覚されるようになる。本来は文脈注だったものが語義注として機能するとは、そういった事態をいう。

したがって、「をこづく」「をこめく」も、「烏滸（痴）」の意味に関連づけて記述すれば、それは語義注である。だが、それらを「得意がって」とか「ぴくつかせて」というふうに記述するのは、本来、文脈注に属する。つぎに、「お（を）ごめく」を語義未詳として、文脈から「ぴくつかせて」と説明したら、それは文脈注。だが、「うごめく」と音韻変化の関係にあるものとして「ぴくつかせて」とすれば、語義注ということになる。とはいっても、それが実在しなかったと判明したいまとなっては、古典語としての語義注はつけようがない。

六　『寿命院抄』と『野槌』

徒然草研究史に足跡をのこす最初の注釈書は、慶長九年（一六〇四）の奥書と刊記をもつ『徒然草寿命院抄（じゅみょういんしょう）』（古活字本）である。本文はなく、注釈用の見出しと注釈文だけの本であり、それには、

ハナノホトオコメキテ　笑シキヲネンシタル心也　ハヽキ木ニ　ハナノワタリオコメキテカタリナス

とある。「笑シキヲネンシタル心也」は、中世の源氏注釈書『一葉抄（いちようしょう）』などを引き継いだものであり、おかしいのを我慢している様子だという注釈であろう。つまり、元来、これは、源氏帚木の「オコ（烏滸）ヅク」あるいは「オコ（烏滸）メク」の語注であった。そして、『徒然草寿命院抄』の右の注釈は、この著者も中世の源氏読解をそのまま踏襲していることを意味している。これを国語史のほうにスライドさせるならば、慶長九年において、源氏河内本の「おこめきて」も徒然草の「おこめきて」も、ともに「オコ（烏滸）メク」だったということになる。

清濁の区別に意をもちいた烏丸光広が『寿命院抄』とおなじ認識であったことは、繰り返すまでもない。この前後、光広校訂本に先行すると考えられる徒然草本文が、やはり活字本で出ている。濁点が使用されない版本であるため、版面からの清濁の判断はできないが、時代的には、光広らとおなじ認識だったろうと想像される。

そのおなじ認識をもつだろう同世代の学者の著作で、後世の徒然草注釈に影響をあたえたのが林羅山の『野槌』、全本文と頭注をそなえた最初の徒然草であった。刊年ははっきりしないが、元和七年(一六二一)の自序をもつ。問題箇所の注釈は、見出しもふくめれば、

鼻のほどおこめきて　源氏帚木に、はなのわたりおこめきてかたりなす　おかしきをねんじたる心也

注釈が『寿命院抄』の踏襲であることは明白。ただ、この注釈書の注目すべきは、この本が濁点を使用しているということ、そしてこの部分にかぎっていえば、本文が、

鼻のほとおごめきていふは

となっているということである。源氏物語・徒然草を通じて、また版本・写本を通じて、「お(を)ごめきて」という明確なテキストの嚆矢ということになる。ただ、版本『野槌』の清濁の区別は、全体に厳密かつ精確とはいえず、羅山自身の認識がオゴメクであったかどうかは、留保しておくべきであろう。とくに「ほと」のほうに濁点のないことが気にかかる。濁点が本来あるべき文字の近接した前後に付されるといった間違いは、江戸期の版本によく見られる現象である。ちなみに、羅山自筆の清書本(内閣文庫現蔵)は、濁点を使用していないため、判断の手がかりにならない。

七　読み癖つき版本

『野槌』から二十数年後の正保二年（一六四五）に、テキストのみの本が、版元不明ながら、出版された。それを皮切りに、慶安年間に入ると、徒然草の関係書の出版ラッシュとなる。

江戸時代初期、印刷技術の進歩によって古典文学のテキストとそれらの注釈書が続々と出版されたことは、周知の事実である。なかでも徒然草は、ほかの古典作品と比しても著しい。それらは、奥付刊年が違えば新たに版を起こしたものと見当をつけてもいいぐらいであり、たとえば注釈書『鉄槌』（青木宗胡著）なども、書肆間で版木が譲渡されるのではなく、そのつど版木を新しくしている。

正保二年　テキスト【奥付】「正保二年　開板」

慶安元年　テキスト【奥付】「慶安元年　二月日」（版元名を削ったか）

慶安元年　『鉄槌』（青木宗胡著）【奥付】「慶安元戊子年仲冬良辰　藤井吉兵衛尉新刊」

慶安二年　『鉄槌』【奥付】「慶安弍年暮春吉辰」

慶安五年　『なぐさみ草』（松永貞徳著）【奥書】「慶安五壬辰暦孟夏廿六日　長頭丸在判」

明暦三年　『鉄槌』

【奥付】「明暦三年二月吉辰　開板」

『鉄槌』も『なぐさみ草』も、注釈は、『寿命院抄』『野槌』の文言をそのまま踏襲する。ただ、これらはいずれも濁点を使用しない版本であるため、問題の「おこめきて」に関して、『野槌』の濁点をどのように理解し処理しているかは不明である。

羅山が『野槌』に序文を記した元和七年から数えて三十七年の万治元年（一六五八）、ようやく濁点を使用した徒然草注釈書が出版された。

万治元年　『徒然草金槌（きんつい）』（西道智（にしどうち）著、半紙本）

【奥付】「于時万治元戊戌歳初秋上旬」

【本文】鼻のほとおこめきていふは。

【注釈】鼻のほどおこめきて　箒木にはなのわたりおこめきてかたりなすといへり

おかしきをねんじたる心也

同年　『徒然草古今鈔（ここんしょう）』（大和田気求（おおわだききゅう）著）

【奥付】「万治元戊戌年　極月中旬　大和田九左衛門板行」

【本文】鼻のほとおごめきていふは

【頭注】はなのほとおこめきて　〔鈔〕源氏帚木ニ鼻のわたりおこめきてかたりなす　おかしきをねんしたる意なり

いずれの注釈も『寿命院抄』『野槌』を引き継いでいるが、『徒然草古今鈔』のほうは本文までが『野槌』を踏襲する。

先にわたしは、『野槌』の濁点が著者羅山の認識になかった可能性を暗示した。光広や羅山の念頭に「お（を）ごめく」なる古語が存在せず、『野槌』の濁点が不注意なもの、あるいは版本によくある間違いであるとするなら、『徒然草古今鈔』は冷静になって、それを訂正するはずである。しかし、『徒然草古今鈔』が無批判に先学の版本の字面を引き写したにしても、次節に掲げるテキスト・注釈書類からうかがえる濁点使用の状況は、「お（を）ごめく」という古語が、万治・寛文の交にすでに徒然草本文に定着していることを印象づける。とくに寛文元年（一六六一）の高階楊順（たかしなようじゅん）『徒然草句解』の注釈「鼻をいからしていふ義成へし」は、本文「鼻の程。おごめきていふは。」を注記したものであり、「オコ（烏滸）メク」の文脈注ではなく、「オゴメク」の語義注を試みているとも見られよう。これが同七年『徒然草新註』（清水春流著）の「おごめきては鼻をうごかす義也」になると、「おごめく」＝「うごめく」の語学説を根拠にした語義注となっている。同年出版の北村季吟『徒然草文段抄』の言わんとするところは、『寿命院抄』も『野槌』も源氏帚木を「オゴメク」と解釈しているという解釈であり、春流の説が時代的に唐突な読解でないことを裏付けている。

以後、次節の年表で一目瞭然、徒然草においては、本文「オゴメク」、語義「蠢く」となって、『徒然草諸抄大成』の時代にはそれが完璧に定説として通用していたことがわかる。

八　徒然草「おこめきて」の清濁史年表

万治三年　テキスト（半紙本）
【奥付】「万治三庚子歳仲秋下旬　洛陽今出川林和泉掾板行」
【本文】鼻の程おごめきていふは

寛文元年　『徒然草抄』（加藤盤斎著）
【奥付】「寛文元年辛丑　霜月吉日　飯田忠兵衛開板」
【本文】鼻のほどおこめきていふは。

同年　『徒然草句解』（高階楊順著）
【奥付】「寛文元年辛丑十二月吉旦　洛二条通松屋町山屋治右衛門板行」
【本文】鼻の程。おごめきていふは。
【割注】はゝ木ゝに鼻のわたりおこめきてかたりなすと有　鼻をいからしていふ義成へし

寛文七年　テキスト

同年

『徒然草新註』（清水春流著）

【奥付】「寛文七丁未暦二月吉日」

【本文】鼻のほどおこめきていふは。

同年

『徒然草文段抄』（北村季吟著）

【奥付】「寛文七丁未秋吉辰執筆武藤西察　中野氏市右衛門尉開版」

【本文】なし

【注釈】おごめきては鼻をうごかす義也

寛文九年

『増補鉄槌』（山岡元隣著）

【奥付】「寛文七年十二月吉日　飯田忠兵衛板行」

【本文】鼻のほどおこめきていふは

【注釈】鼻のほとおごめきて　寿抄幷野槌云、源氏帚木にはなのわたりおごめきてかたりなす　おかしきをねんじたる心なり

同年

『徒然草諺解』（南部草寿著）

【奥付】「寛文己酉初夏日　山本長兵衛開板」

【本文】鼻のほどおごめきていふは。

【頭注】はなのほとおごめきて　源氏はゝきゝにはなのわたりおこめきてかたりなす　おかしきをねんしたるこゝろ也

【奥付】「寛文九己酉年林鐘上旬　中村五郎右衛門開板」
【本文】鼻のほどをごめきていふは
【傍注】是ハ偽ト心ニ思フコトヲ顔ニアラハシテ云也（「鼻の云々」の傍）
蠢ノ字（「をごめきて」の傍）

寛文十年　テキスト（寛文七年版の覆刻）
【奥付】「寛文十庚戌暦二月吉日」
【本文】鼻のほどおこめきていふは。

寛文十二年　『徒然草よみくせつき』
【奥書】「従古徒然草之板行雖有之誤多故今又具改之令開板者也」
【奥付】「寛文十二暦九月吉辰　洛陽烏丸通四条上町山路氏家蔵」
【本文】はなのほどおごめきていふは、

延宝五年　『徒然草大全』（高田宗賢（たかだむねかた）著）
【奥付】「延宝五年丁巳九月吉日　車屋町夷川角林久次郎」
【本文】鼻のほどおこめきていふは

延宝六年　『徒然草参考』（恵空（えくう）著）
【奥付】「延宝六年戊午初冬吉辰　西村七郎衛門末正・同七郎兵衛正光開板」
【本文】鼻の程。おごめきていふは

貞享三年

【割注】是は偽と心に思ふ事を顔にあらはして云也　をごめくは蠢(シュン)の字也　源氏はゝきゞにはなのわたりおごめきてかたりなす　おかしきをねんしたるこゝろ也

『徒然草直解(じきげ)』(岡西惟中(おかにしいちゅう)著)

【奥付】「貞享三丙寅暦初秋吉日」　大坂心斎橋筋書林平兵衛刊行」

【本文】鼻のほどおごめきていふは

【頭注】源氏帚木ニ　鼻のわたりおこめきてかたりなす

【傍注】ウゴキテ也

貞享五年

テキスト

【奥付】「貞享五戊辰年三月中旬　薬師構蔵板」

【本文】鼻のほとおごめきて、いふは

『徒然草諸抄大成(しょしょしょうたいせい)』(浅香久敬(あさかひさたか)著)

【奥付】「貞享五戊辰五月吉日板行　京書肆　武村新兵衛・吉田四郎右衛門・谷口七左衛門・田中庄兵衛」

同年

【本文】鼻の程おごめきていふは。

【頭注】「鼻の程おこめき」源氏箒木ニ　鼻ノワタリヲコメキテ語リナス　オカシキヲネンシタル心也〔寿〕

【側注】●鼻をうごかす義なり〔新注〕

●蠢（シュン）の字なり　是は偽と心に思ふ事を顔にあらはしていふ心なり〔諺〕

九　オコメクからオゴメクへ

中世期において、河内本帚木巻の「おこめきて」は「オコ（烏滸）メク」であった。それをふまえた徒然草第七十三段の「おこめきて」も「オコ（烏滸）メク」である。烏丸光広は、だから、清濁に迷うことなく、「こ」に濁点をうたなかった。注釈に河内本帚木巻を引用する同時代の『寿命院抄』も『野槌』も、この源氏異文を「オコ（烏滸）メク」と解釈していたはずである。

だが、前々節の最後に言ったように、そして前節の年表を通覧すれば明らかなように、寛文年間の高階楊順・清水春流らの注釈には、微妙に光広らの認識とのずれがあった。十七世紀後半の注釈者たちは、ひとむかし前の古典学者の認識を忘れたようである。季吟『徒然草文段抄』の注釈がそれをはっきり示しており、以後の徒然草は、本文が「おごめきて」、語義には「蠢」の漢字があてられて読解されるようになっていること、前節に見るとおりである。そして、かれらは、注釈に引用する源氏物語異文の「おこめきて」をも、そのように読解していた。

源氏物語本文がこのように読まれるに至るその淵源は、おそらく室町時代の源氏注釈『万水一露（ばんすいいちろ）』にさかのぼれるであろう。そこでは、

はなのあたりをこつきてかたりなす

という見出しで、それを、

　鼻のうこく心也

と注釈していた。この「鼻のうこく心也」は、「はなのあたりをこつきて」を言ったものであるから、「をこ（烏滸）つきて」の語義注ではなく、文脈注であることは明らか。そして、仮に永閑が河内本「をこ（烏滸）めきて」を注釈したとしても、「鼻のうこく心也」とするはずである。どちらの本文の注釈であっても、『万水一露』の右の一文は、あくまでも、注釈者永閑が、物語の登場人物の動作あるいは表情を想像してほどこしたことになる。

本来、「をこ（烏滸）つきて」の文脈注だった「鼻のうこく心也」が「をこ（烏滸）めきて」の文脈注としても使われ、ウゴク→ウゴメクから「オコメク」→「オゴメク」というふうに連想されたと考えられる。前章でも触れた、『続源語類字抄』の「おかしき時は鼻をこめく也」、『首書源氏物語』の「我もおかしくて鼻おこめく也」などは、多分にそういったことを感じさせる注釈文といえよう。

注釈史のうえで、この帚木巻と徒然草との関係が指摘されるのは、『徒然草寿命院抄』が最初であった。以後、徒然草と帚木巻異文とは、セットになって、とくに徒然草注釈においては常套句として繰り返される。『寿命院抄』に『万水一露』の一文の影響があったかどうかは不明である。だが、承応年間（十七世紀半ば）以前すでに帚木巻「おこめく」が堂上の源氏講釈では「オゴメク」と読まれていた（『源氏清濁』）。このことは、前章で指摘したところである。それを考えれば、帚木巻「オゴメク」とセットになっている徒然草の「おこめきて」に、やがて「おごめきて」と濁点がうたれて定着するようになっただろう、と想像するのは容易である。いささかの曖昧さを感じさせるとはいえ、『野槌』に濁点が付されていたことも、著者羅山の真意とは関係なく、強力な後押しになったであろう。

十　源氏のオゴメク、徒然のオゴメク

『野槌』以後『徒然草古今鈔』までの三十七年間、徒然草関係の出版物はいくつかあったが、清濁を区別した徒然草のテキストあるいは注釈書は刊行されなかった。その間、いま言ったように、帚木巻の「おこめきて」は濁音で読まれるようになっていた。したがって、注釈でつねに帚木巻をひきあいに出す徒然草の「おこめきて」も濁って読まれたはずである。『徒然草古今鈔』は『野槌』の影響というか、この部分にかぎっていえば、『野槌』の引き写しであるが、仮に羅山の頭に「オゴメク」という語が存在しなかったとしても（したとかしなかったとかにかかわらず）、『徒然草古今鈔』の著者の頭のなかには、この語が存在した。

その二年後、万治三年（一六六〇）の林和泉掾(はやしいずみのじよう)版のテキスト（半紙本）が「オゴメク」の本文を採用する。以後、清濁を区別するテキスト・注釈書において、問題箇所に濁点が付される傾向が見られるようになり、寛文七年（一六六七）に北村季吟『徒然草文段抄』が刊行される。ここでの季吟の認識が、定説となっていた「オゴメク」であることは、いうまでもない。語義も、「蠢」の漢字

があてられていたであろう。こうしてその六年後の延宝元年、おなじ季吟の手になる源氏注釈『湖月抄』（延宝元年成立）の出番となる。その本文は当然、

　はなのわたりおごめきてかたりなす

である。そして、それに傍注して、

　おかしきを念したるさま也

とのみあるこの一文は、中世の源氏注釈（『一葉抄』など）を引いたというより、そのころすでに徒然草注釈で常套句化していたもの、みずからの徒然草注釈を直接使った、といったほうが正確であろう。

　時間は前後するが、当時の古典学者にとってつぎなる問題は、このオゴメクをどう現代語訳するかであった。近世の古学者は、この部分を処理するにあたって、一条兼良・寿命院・烏丸光広らとは異なった環境にあった。兼良・寿命院・光広らには、「烏滸」を語幹とするオコメクという語しかなく、それはほぼ日常言語の範疇にあったか、さほどの古さを感じさせない言葉だった。すなわち、あえて語義注を付す必要がなかった。それに対して、万治・寛文のころの古典学者は、語形をオゴメクと認識した。そう認識したからには、かれらの観念のなかでは死語となった（客観的にいえば、存在しなかった）古典語オゴメクを現代語に置き換えなければならない。

　それを試みた最初は、寛文元年（一六六一）『徒然草句解』の「鼻をいからしていふ」であった。ただ、この現代語訳は、オゴメクとイカラスとの語感がしっくりしなかったのだろうか、以後の注釈では

ほとんど無視された。

そのつぎに、清水春流『徒然草新註』が「鼻をうごかす」と現代語訳した。おそらく、『万水一露』の一文が注釈者の頭か視界をよぎったのであろう。何度も言うように、もともとこれは「オコヅキテ」の文脈注である。だがしかし、それをうけて、『徒然草諺解』がオゴメクに「蠢」（うごめく・しゅん）の漢字をあてた。これでもって現代語訳すると、文脈のうえでもすこぶる自然になった。さらに、オゴメク・ウゴメクがいわゆる五音相通（ごいんそうつう）で説明でき、理論的根拠があたえられた。相通という語学上の裏付けは、「うごめかせて、ぴくつかせて」を源氏でも徒然でも、「オゴメキテ」の語義注とさせるに十分であった。古学者にとっては、抵抗なく受け容れられた語学説であり解釈であったと考えられる。

かくして、オゴメクは「うごめく」であるという理解、というか誤解が定着した。この誤解によって、源氏物語河内本と徒然草を典拠にした「お（を）ごめく」が、古典語として古学者のあいだで認定され、近世古学の国語学を継承した近代の古語辞典に登録されているのである（本書二章第八節図版参照）。オゴメクという、存在しなかった古典語の存在感がきわめて大きかったことは、すでに前々章で述べた。

附記1

徒然草の「おごめく」については、四十年ほど前、疑問を呈した研究があった。長崎大学教授だった福田益和の論文「徒然草七三段の解釈――「はなのほとおこめきていふは」」(『国語と教育』五号〈一九八〇年十一月〉、『日本語研究の新視点』風間書房に所収)である。福田は、平安末・鎌倉・室町時代の資料を駆使して、「おごめく」の存在を疑った。国語学の専門家らしい注目すべき論であるが、同時代資料によるかぎり、実在しなかったという説は、仮説の域を脱しない。拙稿はその仮説を実証突破しようと試みたものである。

附記2

本書一章～三章をもとにして、つぎの著作の一部に使った。ただし、込み入った考証や論述は割愛してあるので、学問的な批判は本書の論文に拠っていただきたい。

『古語の謎――書き替えられる読みと意味』(中公新書、二〇一〇年)

『古語と現代語のあいだ――ミッシングリンクを紐解く』(NHK出版新書、二〇一三年)

なお、本稿執筆に使った『野槌』版本は再版本であった。その指摘もふくめて、中公新書刊行後、初版本では「おこめきて」である由、川平敏文氏からご教示を得た。この事実は、濁点が羅山の関知するところではなかったこと、と同時に本論文のわたしの説が確定的なものであることを証明する。

附記3

小川剛生『徒然草』(角川ソフィア文庫、二〇一五年)は、拙稿をふまえて「をこめきて」と改めた最初のテキストである。

第二部　武家説話の読み方——室鳩巣の和文

四章　読み物になった手紙――「鳩巣小説」とは何か

一　『鳩巣小説』は書簡集である

『鳩巣小説』は、江戸時代においては刊行されることなく、写本で流布し読まれた。現存するその写本の数は、ほかの並みの刊本よりも多い。そのよく読まれたことがうかがい知れるとともに、幕府の正史である『徳川実紀』にもしばしば引用されていることによって、その権威のほども察しられる。ただ、従来の文学史では、これを随筆と分類し、室鳩巣の著作とし、『可観小説』との一部重複に触れるのが通例であった。だが、近年の宮崎修多の論考「鳩巣小説大要」（『近世文学俯瞰』汲古書院、一九九七年所収）によって、それらは修正されなければならなくなった。詳細は宮崎論文によっていただくとして、いまわたしの理解するところをかいつまんで図式化すれば、以下のようになる。

江戸の加賀藩邸や幕府儒官の室鳩巣などから、国元にいる重臣や藩士青地兼山・浚新兄弟らのところに、ひんぱんに手紙が届く。それらの手紙を、この青地兄弟（ともに鳩巣門人）が、書かれてある記事の性質によって二つに分類した。その一方を「兼山秘策」「浚新秘策」と名づける。もう一方は、最初さだまった書名はなく複数の名で呼ばれていたが、写され読まれてゆくうちにいつしか「鳩巣小説」と呼びならわされるようになった。鳩巣の名が冠されるのは、その知名度のゆえ、それに、多く鳩巣の手紙からとられているためである。

『鳩巣小説』はつまり書簡の抜き書き集であり、その大半が鳩巣の書簡ではあっても、鳩巣著作の随筆集というのは、いささか正確性に欠ける。それが明らかになれば、青地浚新編集の『可観小説』と一部重複一致するというのも腑に落ちる。すなわち、『鳩巣小説』の後半がそのまま『可観小説』巻一・二に相当しているのだが、そのことは、「鳩巣小説前半」と「鳩巣小説後半」とでもって『鳩巣小説』上下巻がひとまず成立したことを意味する。そして、この形で広く流布するようになった（やがて三巻仕立てになる）。書簡の分類作業はその後も進められて、「鳩巣小説後半」に継ぎ足された、これが『可観小説』である。以上が宮崎の研究によって明らかにされた。なお、『可観小説』は大部になったためか、その流布状況は『鳩巣小説』におよばない。

江戸（室鳩巣ら）→ 加賀藩（青地兼山・浚新ら）
↘『兼山秘策』『浚新秘策』
↙『鳩巣小説』『可観小説』

二　書簡の振り分け

鳩巣らの手紙を、青地兄弟が記事の性格によって二つに分類した。どういう基準で分けたかというと、政治向きの話題とくに幕府や諸藩の極秘・機密に属する内容、それと、そうでない内容とである。前者の内容をもつ記事を、文字どおり「秘策」と呼んで、『兼山秘策』『浚新秘策』のほうに入れた（以下、二者を称して『秘策』と呼ぶ）。鳩巣は幕府の儒員、のちには八代将軍吉宗に信任された幕政改革のブレーンのひとりであるから、かれが知り報告する情報は、超一級品である。

いっぽうの『鳩巣小説』はというと、秘密にするまでもない情報、鳩巣たちの時代においてはすでに歴史的事件となった話である。多くは、戦国時代からせいぜい元禄時代ごろまでの事件を扱った話題、あるいはわが国古代の史実や中国・台湾の話などが入っている。

この振り分けの経緯は、『秘策』中の記事でもってうかがえるものがある。たとえば、正徳二年（一七一二）二月二十三日付と思われる鳩巣書簡に、新井白石の逸材ぶりを記した記事があり、そのあとにつぎのように注記する。

此末、「大猷院様御時、日光御再興御宝塔の事に付、島田幽也名言の事」有之、是又非隠密に候間、別紙に記之、此事略す。

すなわち、この日付の鳩巣書簡には、「大猷院様（家光）御時、日光御再興御宝塔の事に付、島田幽也名言の事」の話が付け足されていたのであるが、それは秘密にするほどのことではないので（「非隠密に候間」）、「別紙」のほうに入れて、ここには省くという。そして、この話が『鳩巣小説』に収録されているという事実によって、ここにいう「別紙」が、振り分けられた一方のものであるということが判明する。

もちろん、手紙の書き手が分類作業に関与するわけではない。また、振り分けられることを念頭において手紙を書くわけでもないだろう。だから、受取人がどちらに振り分けるか迷うような内容も、あって当然である。そういうとき、いきおい振り分けは恣意的にならざるを得ず、『秘策』に入るべき内容の記事が『鳩巣小説』のほうに紛れこんでしまうようなことも（その逆も）、ないではない。たとえば、徳山藩主毛利元次（もうりもとつぐ）の幕府評定所出頭の記事などが好例である。これが『鳩巣小説』に入っている。諸資料から正徳六年四月付と推定される書簡の記事であるが、毛利元次が不行跡（ふぎょうせき）のゆえをもって戸沢上総介にお預けの裁定を、幕府から言い渡されたのは、まさにその月のことであった。かくのごとき生々しい情報は、ほかの例から考えて、『秘策』に入るべきものである。現に、のち享保四年に、元次の隠居願いと元堯（もとたか）の家督相続の許可がでるのだが、それは『秘策』のほうに入っている。

三　幕藩体制下における情報管理

われわれの前に作品として用意された『鳩巣小説』は、過去の事件や人物にまつわる逸話集である。だが、もともとは書簡で語られたものであった。鳩巣らがこういった逸話を弟子に書いてよこす意図は、どこにあるのだろうか。

それを言う前に、まず、『秘策』のようなものが、なぜ編纂されたかということについて考えておきたい。結論からいえば、青地兄弟にとって、『秘策』編纂のほうが加賀藩士としての本務であって、『鳩巣小説』はその副産物と位置づけられるからである。『秘策』の意味がわかれば、『鳩巣小説』の姿もおのずと明らかになる。

日本史では『秘策』を歴史研究の資料、とくに享保改革研究の一級資料として使う。それはそれで間違ってはいないのだが、当の編者である青地兄弟は、けっして後世の歴史研究者に益することを意図していたわけではない。ましてや、自分たちの知的好奇心をみたすためでも、もちろん、なかった。

鳩巣らから大量に届く書簡は、その弟子である青地兄弟を窓口にした加賀藩の、藩政レベルでの情報収集活動の一環であった。そう考えたほうが、事務連絡のごとく、長期間にわたってほとんど定期的に、幕府・諸藩の政治情勢を巨細に報告してくる鳩巣たちの書簡の意味の説明がつく。とくに鳩巣は、かつて加賀藩に仕えていた。そこから幕府儒官に転出した鳩巣は、加賀藩にとって最高の情報提供者であった。鳩巣の師木下順庵も、加賀藩から幕府儒官になった。同門の親友、新井白石は幕府に仕えている。鳩巣の幕府への出仕は、鳩巣個人の次元の問題ではなかったのだ。

鳩巣らの書簡の内容が幕府・諸藩の機密に属することだとはいっても、では、当局が絶対に外に漏れないよう警戒していたか、また鳩巣らがそれを手紙でひとに知らせたことが機密漏洩、政府高官にもあるまじきスパイ行為であったかというと、けっしてそうではない。

江戸時代、幕府機構は、今日の中央集権国家から見れば、きわめて「小さな政府」だった。幕藩体制下において、日本全土の大名が統制されていたとはいえ、いわゆる立法・司法・行政・警察にあたる権力は、かなりの部分で各大名家に自治があった。大名家内で発生した問題は、その大名家で処理解決し、原則として幕府は介入しない。大名間でおきるトラブルも、幕府は相対すなわち当事者間で解決されることを望んだ。幕府がのりだすのは、それでは解決がつかないとか、幕府法に抵触するといったようなときである。そして、江戸時代の政治や儀礼は、基本的に先例主義・慣行主義である。そうすると、ここに大名家自前による情報の収集分析が不可欠となり、それが藩政運営上きわめて重要な意味をもつ。だから、どの藩も、江戸・京都・大坂の各藩邸にその専門官である留守居役をおいて、不断の情報活動をさせていた。三都の藩邸にかぎらず、たとえば九州の諸大名家では長崎にも留守居をおいて、海外事情や貿易の現状を調査させたりもしている。そして、それら各藩の情報担当官たちが、それぞれの地で横断的に留守居組合を組織してネットワークをつくり、いっそう情報機能をたかめてゆく。

じつは、この高度な機能をもつ情報ネットワークは、幕府にとっても利用価値があった。情報の提出を求めるのはもちろんのこと、留守居組合に先例・格式の調査を命じたり、幕府の手では面倒な問題の解決を留守居組合に委ねたりもする。幕府と大名家との関係にしても、こまかなことになると、大名家のほうにその対処をまかせる。大名家は、自家の石高や家柄・家格、他藩とのふりあいなどを考えて対処する。ある事態にある藩はどういう対応をしたか、自藩が似たような事態に直面したとき、石高や家格のつりあいを勘案して自藩の態度を決定する。幕府にとって、情報はむしろ漏れてくれたほうが、大名統制に有効に機能する場合のほうが多かった。大名家に情報を管理させるほうが、幕府行政のスリム化にうってつけの局面もあったのである。「情報」というファクターを通じて、幕府と大名家は持ちつ持たれつの関係にあった。情報公開が理想的に機能していたといっていいであろう。だから、幕府にとっても大名家にとっても、パイプ役としての幕府関係者の存在は必要であった。鳩巣のような存在はまさにそれにぴったりであって、特定の大名家にさまざまの便宜をはかる幕臣は、別に珍しくはなかったのである。

青地兼山・浚新兄弟が、加賀藩の情報関連部署でどういう位置にあったかは定かでないが、個人的な趣味から『秘策』を編纂したのではない。また、いかにかわいい弟子とはいえ、多忙な幕府の儒官が、公務のあいまに筆すさびで書きつづったわけでもない。そのように考えれば、「秘す可し」といいながらどうして『秘策』に多くの写本が存在しているのか、という疑問も解けてくる。『秘策』を筆写することも、立派な情報収集活動であったからである。

四　『鳩巣小説』は情報管理から排除されたもの

『秘策』は、鳩巣が幕府の儒官になった正徳元年（一七一一）から始まる。幕府内にいて得た情報を知らせるのは、鳩巣が幕府に出仕したさいの加賀藩との約束であったにちがいない。藩儒より幕府儒官のほうがステータスが高いとするなら、それを条件に加賀藩が幕府への就職を斡旋したとも考えられる。青地兄弟らへの書簡執筆は、鳩巣にとって私信ではなく、ほとんど公務に等しいものであったのだ。

『秘策』編集も、だから、青地兄弟が藩当局から命じられた、やはり公務であった。江戸発の定期便のなかから、幕府や他藩との外交に役立ちそうな情報を選んで抜き出して、『秘策』に入れてゆく。『秘策』が鳩巣の書簡ばかりでないということの説明も、また兄弟宛の書簡ばかりでないということの説明も、それでつけられる。そして、藩の政治向きにはあまり役にたちそうもないだろうと判断された記事が残る。残ったものが、すなわち『鳩巣小説』である。

「情報」というものは、それの送り手も選択をするが、必要な情報かどうかを判断するのは、多くの場合、受け手である。だから、送り手は、自分の送った情報のすべてが相手にとって有用だなどとは考えないほうがいいし、また遠慮してその範囲をしぼる必要もない。鳩巣もおそらく、そのあたりのことは心得ていたのであろう、『鳩巣小説』とおなじ編集姿勢で後続された『可観小説』の分量からみて、加賀藩当局には不要な情報もかなり送っていた。採用されるかどうかは、鳩巣の関知するところではないのだ。そして、時間の経過した話題ほど、藩当局の情報管理から自然に排除される。いかに未知の新情報だとしても、戦国時代の話というのでは、現実政治の情報としては意味をもたない。そういった情報を送り出すほうも、それを補完しようとして、なにがしかの評論的見解を付加しがちである。その論評は、現実政治とのつながりや現代的意義を持たせようとするあまり、どうしても思想的、道徳的、倫理的になってしまう。情報の受け手の窓口が自分の教え子だと、つい教育的、教訓的、啓蒙的にもなる。
かくして、われわれの手には、歴史的出来事や人物が教訓的に論評された逸話集、『鳩巣小説』というテキストがのこったのである。

五　鳩巣をめぐる人脈と学問

室鳩巣は、名直清、字師礼また汝玉、通称を新助といった。万治元年（一六五八）、江戸に医家の子として生まれる。十五歳で加賀藩に仕え、藩主前田綱紀の命によって木下順庵に入門し、朱子学を学んだ。正徳元年、新井白石の推輓でもって幕府の儒員に登用された。徳川吉宗の将軍就任によって白石は失脚したが、鳩巣はそのままのこって、享保改革の政策ブレーンとして吉宗のよき相談役となった。

鳩巣の師木下順庵は朱子学者であったが、詩文の教養も重んじたので、その門下からは多彩な才能が輩出した。新井白石（幕臣）・三宅観瀾（同）・雨森芳洲（対馬藩）・松浦霞沼（同藩）・祇園南海（紀州藩）・榊原篁洲（同藩）・稲生若水（加賀藩）といった俊秀が正徳・享保期の政治や学芸の世界で活躍した。なかでも思想方面に顕著な業績をのこしたのがこの室鳩巣であった。実践道徳を第一にとなえる、もっとも朱子学者らしい朱子学者といえる。

徳川家康が朱子学者の林羅山を招き、政治・法制や文教政策の顧問として重用して以来、日本の儒教は、幕藩体制をささえる社会科学として発展した。経世済民（世を治め民を救うこと）の学であるから、儒者の志は、その儒をもって幕府や諸藩に召し抱えられることによって実現される。

鳩巣が生きた時代の儒学界は、江戸時代の儒学史においてもっとも華やかだったといって過言ではない。林家は、羅山以後も外交事務や法令起稿など幕府の枢要機務にたずさわり、その主宰する昌平黌も官学的地位を築きつつあった。本場中国よりも厳密な朱子学の樹立を目指した山崎闇斎は、幕府の実力者保科正之に厚く庇護され、門人六千人とうたわれた。その正之から反幕府的思想家と見なされた山鹿素行は、招いて講筵に列するが大名が多かった。おなじく幕府の忌諱に触れた陽明学派の熊沢蕃山も、岡山藩での藩政参画の実績をもとに、現実的実践をとなえる思想家であった。素行・蕃山ともに反幕府的思想家とみなされたという事実は、その思想がすぐれて現実社会にかかわる政治思想であったことを物語っている。木下順庵の教導よろしきを得た優秀な門下生たちの幕府・諸藩での活躍ぶりは、先に掲げた面々をみても十分である。京都堀河で古義学を提唱した鴻儒伊藤仁斎は生涯仕官しなかったが、五人の息子は、古義堂を継いだ長子の東涯を除いて全員、大名家に就職させ、その家学を日本全土にひろめた。

そして、元禄以前から正徳・享保にかけての右のような儒学界にあって、幕府儒官という身分の室鳩巣のもっとも身近な存在は、論敵の荻生徂徠と旧友の新井白石であった。

徂徠は、三十一歳のとき、柳沢吉保に召し抱えられた。吉保はすでにそのころ、将軍綱吉の側用人から老中格にまで昇進し、幕政を掌握して、飛ぶ鳥を落とす勢いであった。好学で文治政治の推進者であった吉保に認められた徂徠は、将軍にも謁見し経書を講じた。幕閣としての吉保の政策には、徂徠の進言も多くあずかるところがあった。例の赤穂浪士の処分も、徂徠の政治思想が反映したものであり、これが鳩巣を代表とする朱子学的政治学との最初の思想上の衝突であった。だが、吉保は綱吉逝去によって失脚。徂徠も柳沢藩邸を出て、政治の世界から遠ざかった。

将軍が代替わりして脚光をあびたのは、新井白石である。新将軍六代家宣の甲府藩主時代以来の信頼厚い家臣であり、そのまま幕府に出仕、側用人間部詮房とともに歴史上「正徳の治」といわれる政治を実現した。朝幕関係の改善、朝鮮通信使節の待遇問題・国号問題といった外交処理、幕府の制度改革、正徳金銀発行などの経済政策、これら幕政上の業績は数えきれない。だが、享保元年、七代将軍家継が八歳で亡くなり、紀州から宗家を相続して将軍職についた吉宗は、白石ら前代の政治を否定した。ここに白石は致仕して、以後、隠遁生活をおくる。

吉宗は基本的に、綱吉時代の政治を評価しており、したがって徂徠を高く買っていた。正式に幕府に招聘することはなかったが、私的にはしばしば政策の諮問があったといわれる。儒教は聖人の「道」を実践せんとする思想であるが、徂徠が主張する聖人の「道」とは、聖人が定めた制度・文物すなわち具体的な「物」である。そこに、「道」を道徳的な理念としていた従来の考え方とのきわだった違いがあった。この極端に唯物論的な思考が、観念的で現実の政治問題に対応できなくなっていた朱子学に代わって注目されるようになった。享保以後の思想界は、徂徠学に席捲された観があった。

そういった儒学界の趨勢のなか、鳩巣は、政治家としては吉宗将軍のもとでも信任され、典型的な朱子学者として新しい学派に対抗した。

六　鳩巣と白石と『藩翰譜』

おなじ順庵門でともに幕府に仕えた鳩巣と白石は、しかし、学者の資質という点に関しては、対照的である。このふたりを、あえて類型的に分ければ、鳩巣は理論派にして道徳家、白石は実証主義者にして歴史家ということができる。そして、これらの資質は、いずれも朱子学という学問が要求する属性であった。

朱子学は別に理学とも呼ばれるように、宇宙の全存在を理・気の二元をもって説明する。儒教は元来、君子の礼の教えを説く宗教で、体系性に欠けていた。それに理論的思弁を導入して体系化しようとして興ったのが、朱子学であった。理論こそが朱子学の生命である。そして、朱子学は、修身・斉家・治国・平天下といった段階を踏んで、その政治学としての目的が達成できるとする。つまり、わが身を修め一家をととのえ国を治めて、そして天下を安んじる。個人としてまずおこなうべきは、修身すなわち道徳を積むことであった。また、学問・修養の方法として「格物致知」（儒教の経典である大学にある言葉）ということがいわれる。儒教内でも解釈に相違があるが、朱子学派はこれを、普遍の理（本性）に達する（「格物」）ために後天的知を広く獲得する（「致知」）と解釈する。わかりやすくいえば、ものごとの本質をきわめるために知識を増やすのである。理論家である朱子学者が惣じて博識なのは、ゆえのないことではない。そして、歴史学が知識の集積であり、歴史は現実世界をうつす鑑（かがみ）であると教える朱子学において、歴史学が重要な学問であるのは必然であった。

そして、『鳩巣小説』が、白石の博学と鳩巣の道徳の学とで成り立っているところに、この読み物はすぐれて朱子学的であると、わたしには思えるのである。『鳩巣小説』と「白石の博学」とを結びつけるのは、『鳩巣小説』の逸話の多くが、白石からの聞書（ききがき）であろうと考えられるからである。

『鳩巣小説』は、新井白石がそのニュースソースとなっていた。白石の著述『藩翰譜（はんかんふ）』にそれと共通する話の多くあることがその証左となる。山内一豊（やまのうちかずとよ）の妻のへそくり話、榊原康政（さかきばらやすまさ）の家康への諫言、徳川忠長（とくがわただなが）の西の丸への発砲、阿部対馬守殉死（じゅんし）の真相、忠長自刃の様子など、『藩翰譜』にすでに収められている。

『藩翰譜』は、白石が徳川綱豊（つなとよ）（のちの将軍家宣）の命によって撰述したものである。成立は元禄十五年（一七〇二）。この書に序文を寄せたのが、ほかならぬ鳩巣であった（享保元年〈一七一六〉）。であるから、当然、正徳年間の鳩巣も『藩翰譜』をひもとく機会はあった。もっとも、当時の鳩巣・白石の関係からすれば、著述をとおして得た知識というよりも、白石から直接聞いたことを書き留めたと考えるほうが、前述した書簡という性格上、自然であろう。

いうまでもなく、正徳年間の白石は幕府政権の中枢にいた。極秘ないしそれに近い情報は白石から鳩巣へという方向に流れる。そのことは、『秘策』についても『鳩巣小説』についても一目にして瞭然なのであるが、鳩巣が『藩翰譜』によってすでに知っていた話題についても、改めて白石から親しく聞いたことであろう。『鳩巣小説』所載の逸話は、『藩翰譜』を典拠とするのではなく、著者である白石の直話によって記されたとすべきである。

たとえば、京都所司代板倉勝重（いたくらかつしげ）が自分の後任に息子の重宗（しげむね）を推薦する話は、『藩翰譜』にも同様にあるが、『鳩巣小説』にあるところの、安藤帯刀（あんどうたてわき）（直次（なおつぐ））が重宗を説得に行く段、父勝重が喩えを用いて訓戒する段などが『藩翰譜』のほうにはない。白石が鳩巣に語って聞かせた話のなかに、『藩翰譜』には書かなかった挿話があったということである。秀吉から謀叛の嫌疑をかけられた伊達政宗（だてまさむね）が家康によって救われた話も『藩翰譜』に見えるのだが、『鳩巣小説』のほうが微に入り細を穿っている。そういった点が、『鳩巣小説』に説話（読み物）としての面白さを持たせているのである。

七　「鳩巣小説」という意味

「鳩巣小説」とは「鳩巣」の「小説」ということである。先述したようにすべての文章が鳩巣のものではないのだが、当時の読者は、著者を鳩巣と見なしていた。そして、それよりも注意すべきは、ここでいう「小説」の語が、坪内逍遥（つぼうちしょうよう）の「小説神髄（しょうせつしんずい）」以来馴染んできた近代の「小説」の概念とは、すこしく異なるという点である。

「小説」の定義は、漢書芸文志（かんじょげいもんし）の「小説家者流は蓋（けだ）し稗官（はいかん）より出づ。街談巷語道聴塗説者の造る所なり」に始まる。「街談巷語道聴塗説者」とは、世俗の噂やつまらない話を聞きかじっては他人に話す人。そういった話を集めて王に奏上する役人が「稗官（はいかん）」であり、為政者はそれを政治の参考にした。それらの話を「小説」というのである。

鳩巣らの書簡から抜き出した逸話群は、まさにそういった意識でもって成り立っている。逸話を語るのが「稗官」であり、だから、その読者たちはこれに命名して「小説」の文字を使った。「稗官」鳩巣先生が語る「小説」、これが「鳩巣小説」という書名の意味なのである。

附記

本書五〜七章の三篇は、全篇書き下ろしの旧著『説話のなかの江戸武士たち』（岩波書店、二〇〇二年）の執筆過程で得た知見を活用した論考である。『鳩巣小説』に関して、従来の認識を修正すべき点は必要な範囲で触れた。が、それでも隔靴掻痒の感はぬぐえず、「鳩巣小説とは何か」の一文が欲しくなって、叙述の重複はあるだろうけれども、あえて旧著の一篇をここに利用することにした。

江戸留守居役に関しては以下の先行研究を参照した。

服藤弘司『大名留守居の研究』（創文社、一九八四年）
笠谷和比古『江戸御留守居役――近世の外交官』（吉川弘文館、二〇〇〇年）
山本博文『江戸お留守居役の日記――寛永期の萩藩』（講談社学術文庫、二〇〇三年）
白石良夫『幕末インテリジェンス――江戸留守居役日記を読む』（新潮文庫、二〇〇七年）

拙著出版後、『兼山秘策』を使った歴史学の著作に、福留真紀『将軍と側近——室鳩巣の手紙を読む』（新潮新書、二〇一四年）がある。

五章　書いたこと、書かなかったこと——写本と刊本の狭間で

一　刊本のなかの松平伊豆守

室鳩巣の代表的著作『駿台雑話』巻四「大仏の銭」は、松平伊豆守信綱の善政をかぞえあげて、「天下後世において大功徳ありといふべし」と持ち上げる。もっとも、三代家光・四代家綱の時代においては、伊豆守にかぎらず、いずれの執政家も「至公至明」であったのだ、と鳩巣は言う。つゆほどの私心なく、正道をもって政務を遂行したから、諸侯諸役人の身持ちも正しかった。しかも才智をもって人をあなどらず、権力をもって人をおさえつけなかったので、諸役人も執政家にはばかることなく、徳川家のためまた天下のために、遠慮なくものを言った。なかでも伊豆守は「世にたぐひなき」人物だったと言って、以下の挿話を紹介する。

当時、幕府の役人に井上新左衛門というものがおり、伊豆守のお気に入りであった。この新左衛門、はなはだ諧謔を好んだ。あるとき、鱈の献上があって、それを将軍に披露するというので伊豆守が検分したところ、鱈に塵がついていた。伊豆守は係のものを叱りつけた。すると、かたわらに

いた新左衛門が、

「いや、鱈には塵があるものです」

と言った。伊豆守が「いかに」と問うと、

「三番叟に、ちりやたらりと申すではありませんか」

「三番叟」の詞章「ちりやたらりたらりら」に洒落て言った。伊豆守はそれを聞いて笑いながら機嫌を直し、

「とかくものごとに念が入っていないからだ。なにごとも念を入れるにこしたことはない」

「おのおの様には御念の入ったほうがよろしい。が、われらがごとぎ軽輩のものは、あまり念を入れると、かえって悪いこともあります」

「念を入れて悪いことがあるか」

と伊豆守が言うと、新左衛門は、つぎのような話をした。

むかし、玄宗皇帝が方士に命じて楊貴妃のありかを尋ねることがあった。方士は、蓬萊宮に到って楊貴妃に会った。貴妃に会ったことを報告するために、方士がその証拠の品を要求したので、貴妃は玉の簪をあたえた。ところが、これはどこにでもあるものだというので、あまりに念を入れすぎて、しいて玄宗との密語を聞き出した。帰って報告すると、初めそれで済んだのだが、玄宗がつらつら思うに、この密語は貴妃とわれ以外に知るものなし、それをかの方士が知っているというのは、さてはやつめ、貴妃と通じたな。というので、方士を殺してしまった。

「玉の簪だけでよかったものを、あまり念を入れすぎて、かくのごとしであります」

また新左衛門がおどけを言ったというので、一座は面白がって、その場はすんだ。

その後、天草(島原)の乱がおこる。伊豆守が派遣され、賊徒を平定して江戸に凱旋した。旅装のまま江戸城に登城したが、そのとき在城の面々はのこらず迎えにでた。そのなかに新左衛門を見つけた伊豆守は、

「そちに話したいことがある。将軍にお目通りしたあと」

と言って待たせておいた。やがて退出した伊豆守は、いあわせたものたちを集めて話しはじめた。

天草の作戦会議で、諸侯の軍でいっせいに敵城に攻めこもうということに決した。攻撃は、わが本陣でそれがしが鐘(かね)をつき、それを合図に全軍集合、というふうに合議した。だが、よく考えてみるに、敵方のものか、あるいはどんな馬鹿者かが忍び入って鐘をつかないともかぎらない。それではわが軍が混乱する。というので、撞木(しゅもく)をそれがしのそばに置いておいた。だが、また思うに、鐘はなにも撞木でつくとはかぎらない、鉄砲の台尻かなにかでもつけるものだ。そこで、鐘を地上におろし、薦(こも)でもってそれを巻いておいた。そんなことをしているうちに敵が攻めてきて、にわかに合戦になった。それ鐘をつけといったが、上に釣りあげて薦を解くのに手間どって、鐘をつくことなく、なんとか敵を退散させた。

「そちがいつぞや申した方士蓬萊宮の物語は、このようなことをいうのだと、そのとき思い当たった」

と伊豆守は言った。

『駿台雑話』は寛延三年（一七五〇）、江戸の前川六左衛門から刊行され、その達意の文章と穏健な教訓とで刷（すり）をかさね、よく読まれた。

二　写本のなかの松平伊豆守

ところで、右の松平伊豆守と井上新左衛門の逸話は、鳩巣がだれか（新井白石か）から聞いたことであった。面白く、また為（ため）にもなるので、鳩巣は加賀藩の弟子に、かつて手紙で語って聞かせたことがあった。その書簡が『鳩巣小説』に収められている。逸話の内容は変わらないが、『鳩巣小説』のほうは手紙のおもかげをそのままに残しており、『駿台雑話』は最初から出版を意図した随筆であるから、文章とストーリーの細部は整理されている。いま全文を比較するゆとりがないので、逸話のさわり部分、天草の乱から帰って伊豆守が語るところを掲出してみる。

『鳩巣小説』

其後、天草の事起り候て、伊豆守殿を被遣候。天草仕舞被申候て被罷帰、すぐに登城の時分、右新左衛門を始、大勢御城にて迎に出候て、「無事に御仕廻被成御帰、目

『駿台雑話』

其後、天草の事出来て、伊豆守奉レ命てゆかれしが、不日に賊みな伏レ誅て江戸へ帰着せられしに、旅装のまゝ直

出度」由申候節、伊豆守殿被申候は、「新左に咄申度事有之候。只今御前へ罷出候間、退出之時分咄可申候間、夫迄是に待被申候へ」とて御前へ出被申候。やゝあつて御前より出被申時、新左衛門待居申所にて着座被致候て、「御近習之衆中、皆々是へ御出候へ」とて大勢の中にて、伊豆守殿被申候は、「新左、此已前、楊貴妃の謡を引て、念入たるは悪敷(あしき)と被申事、覚被申候哉」と被申候故、新左衛門、「いかさま左様の事も有之様に覚候」由申候。其時、伊豆守被申候は、「此度、天草にて、其儀を存出候て、新左被申候事、尤と気付申事有之候。先(まづ)天草へ罷越、惣軍へ申談候は、「我等陣所を本陣と定め申候間、人数を出候か又は急成事有之時分は、つきかね我等陣にて撞可申候間、相図に惣軍出し被申様に」と申合、扨大成鐘を取寄、陣所につり置候。其後に存候は、何様(いかやう)の破家者(ばかもの)候てつき申間敷ものに無之、其上、敵方より忍のものなど入候てつき申べきも難計(はかりがたく)候。左候へば、大成さわぎに可罷成と存候て、しもくを我等枕本(まくらもと)へ取寄置候。

に登城ありしかば、折ふし在城の面々、残らず迎労しけり。新左衛門も衆中にありけるを、伊豆守はやく見つけて、「そこに語る事こそあれ。今御前より罷りて」とて、御前へ出られ、さてやゝしばらくありて、御前より退かれ、衆中にていはれしは、

「此たび天草にて、諸侯一度に賊塁へ向ふべしと約束定りて、さておしよする時は、某が本陣にて、鐘を撞(つく)べし。それを相図に諸手の衆あつまるべしといひ合せて、僉議(せんぎ)の間日を経けるが、某おもふには、今夜にても賊方の者か、又は馬鹿ものありて、忍び入て、鐘を撞て我衆を誤る事もあらむかと、撞木を取よせて我側に置けるが、又おもふには、必撞木にも限るべからず。鉄砲

又存候は、必しもしもくばかりにてつき可申にても無之候。鉄砲の台すへなどにてもつき申儀も可有かと存候て、中々気遣にて、暫（しばし）も気休不申故、翌日申付候て、鐘の上をこもにて厚くまかせ置申候。何事ぞと申時分は、こもを切すて申事はやすく、手間も不入事と存候て、左様に致置候へ共、又存候は、こもを切ほどき候てつき申者有之間敷とも不被存、とかく鐘を地へをろし候て、釣索（つりなは）を長く致置、急なる時は即時に釣上申様可仕と存候間、右こもにて巻申、鐘を地へおろし置申候。其以後、果して城中より夜打を打申故、「それ、鐘つき申候へ」と申時に、俄になわを切とき候へ共、急にとけ不申、漸々とき候て上へ釣あげ申候内に、敵は城中へ引申候。爰にて、余り念入候て害に成申儀をよく合点いたし、新左被申候を幾度か存出し申候」由。

やうのものにても撞まじきにもあらずと、鐘を地へおろさせ、こもにて巻て置せたり。然る所に賊徒挑戦（いどみたたか）つて、思ひよらず俄に手合せありければ、さらば鐘を撞べしといふに、上へ釣あげこもをとく程に、つひにまにあはずして、たゞかゝりに懸りて攻潰しけり。其時かのいつぞや申されし、方士蓬萊宮の物語は、かやうの事にこそと、その事を思ひ出せし」とありしとなり。

刊本の文章には、出版のための整理の手が入っており、達意という点ではそちらのほうに軍配をあげるべきであろう。教訓のために用意された寓話（ぐうわ）であり、叙述の重複しそうなところは思い切ってカットし、繁雑さを避けて筋を単純化し、肝腎の教訓との接点をはっきりさせる。それにひきかえ、『鳩巣小説』は、ストーリーのある物語を候文で書いたものであり、しかも手紙の常として推敲の時間はあたえられない。そうであると、かくも冗長になるかと思わせる典型である。

だがしかし、臨場感では、『鳩巣小説』のほうに一日の長がある。なぜなら、『鳩巣小説』は、手紙形式の説話ではなく、実際の手紙そのものだからである。いささか読みづらいのは事実だが、読みやすく整理された文章より、語りの息吹が伝わってくるのも事実である。

三　写本だから漏らした本音

そして、語りの息吹が伝わって、ついでに鳩巣の本音も伝わってくるのが、じつは『鳩巣小説』であった。言い換えれば、『駿台雑話』は、文章を整理しただけでなく、鳩巣の立場をも整理してしまったきらいがある。

松平伊豆守と井上新左衛門のいくつかの逸話を記したあと、『駿台雑話』では、鳩巣は、つぎのような批評をする。

これ戯れに近き物語なれども、伊豆守、理にさとく人の言をすてず、それにたゞ今馬よりおり、御前へ出て天草の首尾を申上らるゝ折ふし、常人ならば中々おもひもつけじ。たとひ思ひつくとも、此節はさてやむべき事なるを、只常の気色にて、稠人広座の中ともいはず、我あやまちたりし事をも有のまゝに語られしにぞ、伊豆守の心公にして、器量の大きなるもしられける。世に古今の良相とするも、げに理りと覚ゆるぞかし。是をもて見るに、世の権威にほこり、辺幅を脩る人は、誠に馬援がいはゆる井底の蛙也。嗚呼いやしいかな。

満座のなかで「我あやまちたりし事」を語った伊豆守の度量の広さを言い、さすが知恵伊豆、「古今の良相」と評判をとるのも尤もなことである、と鳩巣はこの逸話の最後を結んで、伊豆守の「至公至明」な政治家としての資質を称賛した。老中・若年寄を中心とした閣僚による幕府政治のシステムは、この伊豆守の時代に確立された。鳩巣の目から見れば、この時代は幕閣草創期である。八代将軍時代の朱子学者鳩巣は、あるべき政治家像を、この時代の執政家、なかでも松平伊豆守に見ていた。というふうに、このエピソードは読まれなければならない。

だが、本当に、鳩巣はこの逸話をそんなように読んでほしかったのか。これはわたしの主観であるが、右のような評言は、教訓としては毒にも薬にもならないような気がするのだが、いかがであろうか。ここに、『鳩巣小説』のほうに鳩巣の語りの息吹が伝わり、ついでに鳩巣の本音も伝わってくると言ったゆえんがある。すなわち、『鳩巣小説』では、伊豆守・新左衛門の話を、こう総括する。

其時、何も、伊豆守殿、己が天草にて自分のしそこなひの儀をかくされずして、新左衛門が善をおほひ不被申儀を感申候。其上、天草よりの馬おり（旅を終えたそのとき）に御城にて新左衛門に逢被申、はや此儀被申出候事、伊豆守殿器量有之、快豁なる所相知申候。

但、治世に天下を治る儀は得手物にて、軍は不得手と被存候。兵は神速を第一に仕る物に候。釣鐘の事、まはり遠に聞へ申候。日頃御仕置の手際とは各別違申候。入ては相、出ては将の材、無之かと存候。

井上新左衛門事、只今跡絶申候。伊豆守殿に右之様成おどけを申儀、たゞ人にては無之候。

「伊豆守殿器量有之、快豁なる所相知申候」までは、『駿台雑話』はそこで終わっている。教訓随筆として伊豆守を持ち上げたところで終わっているのである。だがしかし、『鳩巣小説』は、それだけでは終わらない。伊豆守を持ち上げて、つぎの段で一転して「但」と言う。

鳩巣は言う。ただし、松平伊豆守殿は、平時に天下を治めるのは得意とするところだが、兵法は苦手とお見受け申す。天草でのこと、兵を用いるは神速を要とするのが戦の道であるのに（魏志郭嘉伝「兵二貴神速一」）、釣り鐘の一件はあまりにもまわりどおいことである。戦というものは、日常の政務の手腕とはまた格段に違うものである。内にあっては良相、外にあっても良将などという人材は、なかなかいないものなのだ、と。

伊豆守を「古今の良相」とする世評に、鳩巣も異はとなえない。「良相」だが「将の材」ではないというのが、鳩巣がくだす、伊豆守への偽らざる評価であった。弟子への手紙ではそれをはばかることなく言ったのだが（言えたのだが）、刊本『駿台雑話』では言わなかった。『駿台雑話』の「大仏の銭」の段がそもそもそういう話柄でないのは確かであるが、『鳩巣小説』で漏らした本音が生かされていないのも、また確かである。

そして、この説話の最後に、井上新左衛門を「たゞ人にては無之候」と言う。『鳩巣小説』のこの逸話が「井上新左衛門事、名誉の口きゝにて候」という一文で始まるということを考えると、鳩巣が褒めたかったのは、松平伊豆守ではなくて、じつは井上新左衛門のほうであった、ということが判明するのである。

四　『鳩巣小説』とは何か

詳細は前章で述べたが、本章の行論上、若干の重複をいとわず繰り返す。

『兼山秘策』は、鳩巣の著作とされることがよくある。最初の活字本、日本経済叢書本（大正三年刊）など、はっきりと「室鳩巣著」と明記する。だが、それは正確ではない。加賀藩江戸屋敷や幕府儒官室鳩巣たちから同藩士青地兼山（あおちけんざん）・浚新（しゅんしん）兄弟らのもとに届いた書簡を、この兄弟が共同で抜き書きしたものである。書簡発信者たちのうちでもっとも知名度のあるのが鳩巣で、しかも鳩巣からの書簡がもっとも多い。そこから、鳩巣の著作のごとくに見られるのである。

鳩巣らは、加賀藩勤務の侍にどのような内容を書き送っていたのか。それは、青地兄弟が抜き書きしてつけた書名、「秘策」がその体をよく表している。鳩巣らが幕府内で知りえた政治向きの話題、幕府や諸藩の極秘・機密に属するようなことがらである。その中身は、じつに詳細である。そして、あたかも事務連絡のごとく、長期間にわたって定期的に、しかも複数の人物から、幕府・諸藩の政治情勢が報告されている。

鳩巣のごとき、幕府の中枢にいた人物だからこそ知りえる内容で、それゆえ享保改革(きょうほうのかいかく)の一級資料と位置づけされるのも納得されるのだが、では、そういった人物がそのようなことを特定の大名家の家臣に知らせることは、許されたのか。この『兼山秘策』には多くの転写本があり、「秘策」といいながら、よく知られた書物であったことがうかがえる。鳩巣らがひんぱんに幕府の情報を流していた、その事実が白日のもとにさらされているのだが、かれらが機密漏洩の罪で告発されたなどということは、寡聞にして知らない。

じつは鳩巣らから大量に届く書簡は、藩士である青地兄弟らを窓口にした加賀藩の、藩政レベルでの情報収集活動の一環であった。そういったことは、加賀藩だけがやっていたのではなく、ほかの大名家もおこなっていた。であるから、『兼山秘策』を転写することも、また立派な情報収集活動であった。そして、幕府はそういった情報を大名家に管理させていたのである。

ところで、江戸の鳩巣らから送られる情報は、加賀藩当局が必要としているものばかりとはかぎらない。いかに未知の新情報だとしても、たとえば戦国時代の話というのでは、現実政治の情報としては意味をもたない。そこで、記事を内容によって選別する。自藩の運営、幕府や他藩との外交などに役立ちそうな情報を、『兼山秘策』に入れてゆくのである。そして、戦国時代や幕初期の話のようなものがとり残される。役にたたない情報だが、捨てるには勿体ない、そんな話を別に取っておいた、そのとっておきの話の集まったのが、『鳩巣小説』なのである。

五　松平忠直卿をめぐる刊本・写本

菊池寛の小説「忠直卿行状記」で有名な松平忠直は、家康の第二子秀康の長男である。慶長十二年（一六〇七）、父の死によって福井六十七万石を襲封した。忠直は、その治世の初期においては人望もあったが、大坂の役に出陣して華々しい戦功をあげたにもかかわらず、期待したような恩賞にあずからなかったため、将軍家に不満をいだくようになる。家康没後は江戸への参勤をおこたって、二代秀忠将軍に対して不遜の態度をとり、領国経営にも支障をきたした。家臣や領民に対して凶暴なふるまいが絶えないという、よからぬ噂も幕府に聞こえてくる。

忠直の不行状には、大坂の役での論功行賞に加えて、父の代の宗家相続の経緯を引きずっていたという説がある。あのとき年長の父が宗家を継いでおれば、自分が将軍である。父の武功は論をまたず、自分も大坂の役では大坂城一番乗り、あの真田幸村をやぶった。それにひきかえ、秀忠にはさしたる戦功もない。それどころか、関ヶ原のときには因縁の幸村軍に翻弄され、戦場に遅参するという大失態をしでかした。それがいまでは将軍である。忠直の心中、察するにあまりあるとともに、秀忠にとっては、これをもちだされるのは、じつに嫌であったろう。おまけに、忠直の正室は、秀忠の娘、勝姫である。つまり、将軍秀忠にとって忠直は、つねに負い目をもつ兄秀康の子であり、かわいい娘の婿であった。

　家康と違って慈悲ぶかいことで知られる秀忠としては、情において忍びないところである。ではあるが、ここでけじめをつけなければ、諸大名に示しがつかない。徳川の体制も十分に固まったとはいえないいま、天下を統べる二代目としては、私情に流されて身内に甘くすることは、だんじて許されなかった。元和九年（一六二三）、秀忠は忠直に改易を命じ、豊後国萩原（現在の大分市内）に配流した。

　といったところが、歴史教科書的な松平忠直の生涯である。家臣や領民に対して凶暴であったという説は、鳩巣の時代すでに知られていた史実であって、『駿台雑話』巻三「杉田壱岐」は、それが自明のこととして書かれた一文である。

　あるとき、主君忠直が鷹狩りから帰って、出迎えた家老たちにむかって、本日の供侍たちのはたらきを褒めた。「万一の事ありて出陣すとも、上の御用にたつべしと覚ゆるぞかし」と言ってすこぶる上機嫌であった。家老らは「御家のためなにより目出度御事にて候」などと歯の浮くようなおべんちゃらを言う。ところが、杉田壱岐だけは黙っていた。杉田壱岐はもと卑賤の身であったが、その才覚によって国家老に列するまでになった人物である。気になった忠直は、「壱岐は何とおもふ」と言った。すると、壱岐は口を開いて諫言する。

「ただいまの御意、はばかりながら、嘆かわしいことと存じあげる。最近、侍どもが鷹狩りなどのお供をするにさいしては、行く先で殿の御手討ちにあわないとも限らないというので、妻子と暇乞いして出てくると承っております。かように主君を疎み、主君のことに思い到らないようでは、万一のときの御用にたつとは考えられない。それをご存じもなく、頼もしく思われること、まことに愚かなことである」

忠直はいたく機嫌をそこねた。その場で手討ちになる勢いであったが、壱岐はそれでも諫言する。重臣どもは、その場をとり繕おうとしかしない。結局、忠直は不機嫌に奥に入っていった。その夜、壱岐は、妻にわかれを告げ、切腹の用意をして君命のあるのを待っていた。やがて、登城あるべき達しがあって、主君の寝所にとおされたが、忠直は、「昼間のそちの言葉が心にひっかかって眠れない。わしの過ちは明白である。そちの志をふかく感じてうれしく思う」と言って、佩刀を下賜した。壱岐は感激落涙して退出した。

以上は『駿台雑話』の本文によって梗概した。

おなじ話は『鳩巣小説』にもある。例によって、刊本より冗長ではあるが臨場感はあり、語りの息吹が伝わってくる。そして、これも例によって、この逸話に対する鳩巣の評言に、刊本では言わなかったことが、写本ゆえに書かれている。

刊本『駿台雑話』の文末はこうである。

此事、翁（鳩巣）加賀にありし時、越前の人ありて語りしが、今おもへば此杉田などこそ、東照宮の仰せられし「世に有がたき家老」といふべし。誠に一番鎗よりも難き事にあらんかし。

この逸話は、刊本では「杉田壱岐」という標題でかたられている。主人公は、つまり杉田壱岐である。

だから、一命を賭して主君に諫言した杉田壱岐を最後に称賛するのは、当然といえば当然である。

ところが、写本では、鳩巣の言わんとするところはまったく異なる。曰く、

①か様之極勇の人（忠直をさす）も惻隠之心之掩ふべからざる事、又、臣忠義の感ずる所にて候歟。是程の人ながら、忠臣とはいへども、諸人の中にて申たるが不届き、又は事を他によせると被成候て、②壱岐を御にくしみ無之候か。

写本『鳩巣小説』は「越前の一伯忠直卿は、かくれも無之暴勇烈の君也」の一文で始まる。つまり、忠直卿の言行録として語られているのである。そのことを考えれば、最後はやはり忠直に対する批評でなければならない。おなじ『鳩巣小説』でも異本の一本では、右引用の部分の初め（傍線部①）を「カ様ノ暴悪ノ人」とするものあり、最後（傍線部②）を「壱岐ヲ御ニクミ無之ハ、流石東照宮ノ御子孫様等ト有之ト申候」とする（続史籍集覧本）。どちらが鳩巣の原簡に近いかは即断できないが、この逸話を手紙に記したときの鳩巣は、暴君という世評のある忠直に対して同情的であった、そのことは確かである。

附記

引用に使う『鳩巣小説』の本文は、とくに断らないかぎり、カリフォルニア州立大学バークレー校三井文庫蔵「駿台逸話」（国文学研究資料館マイクロ資料）に拠る。

六章　忠誠心はかくあるべし――浄瑠璃坂敵討と殉死をめぐって

一　新井白石の言いたいことは

新井白石の父親は、上総国久留里城主土屋家（二万石）の重役であった。延宝三年（一六七五）というから白石十九歳のとき、主君の土屋利直が没し、その子伊予守頼直（直樹）が土屋家を継いだ。だが、この新藩主は行状によろしくないところがあった。白石は後年、そのときのことを、つぎのように書き留めている。

その翌年（延宝四年）の冬、伊予守の又従弟で、家老をしておられた人が父上と親しかったが、伊予守のふるまいがよくないことを案じて、その子（達直）を藩主にしようと思い立った。わたしの父上はこれを聞き、時期尚早で成功すまいと考え、じゅうぶん理由を説いて止められたけれども、その勢いはとまるところを知らず、一門の長老たちと謀議したが、はたして事は失敗して、その人は伊予守のために追放された。父上もその仲間ということで、わたしも仕官の道を閉ざされ、土屋家を去った（延宝五年二月）。……翌年の三月、伊予守はついに所領を失って、息子には形ばかりの所領があてがわれた。（『折りたく柴の記』中公文庫、桑原武夫訳、一九七四年）

重臣たちが謀議して主君を隠退させ、その子を立てようとした。だが、ことは成らず、首謀者とその一味は追放の憂き目にあう。つぎの年、これが幕府に知れ、土屋家は改易(かいえき)となった。

家来が主君の首をすげ替えようとする。これは御家騒動(おいえそうどう)である。伊達騒動や加賀騒動よろしく、芝居や実録体小説の格好の素材になる事件である。なのに、好奇心旺盛をもって知られる白石にしては、あまりにも淡白な筆致ではないか。主家筋の恥だから遠慮したのだという見方もできるが、それなら、最初からこの一件を書いてはいけないことであろう。書いてしまえば、いかに控えめであろうが、主家の醜聞を暴いたというに変わりはない。「君臣の道」を重んじる朱子学者、新井白石は、やはり主家の恥を書くべきではない。

おまけに、主君を排斥しようとする一味に、慎重派であったとはいえ、自分の父親も加わっていた。現代人が江戸時代にいだいている類型的なイメージでいうなら、家臣にあるまじき行動をとった、ということになる。たとえ悪逆非道の殿様でも、滅私奉公(めっしほうこう)、絶対服従で仕えるのが、武士の道ではないのか。であるなら、白石の父は武士としての汚点をのこしたことになる。なのに、息子の白石はその事実を、なんのためらいもなく書いている。この一件が父親の汚点になるのなら、「孝行」についてもうるさい朱子学者は、まずもってこのことは書けない。それでもあえて書くのならば、父の行動を弁護する論陣をはってしかるべきである。しかし、それもしない。

もっとも、白石は江戸時代屈指の歴史学者でもある。主家筋の恥、父親の汚点という発想はわたくしごとで、歴史学者としての良心が、わたくしごとを抑えて、事実を書かせたのか。ならば、白石の心のなかでは、書くべきか書かざるべきかの葛藤があったはずである。だが、とてもそんな葛藤があったようには感じられない。『折りたく柴の記』では、このあと何度かこの一件について触れているのだが、父親と旧主に関する筆致には、あいかわらずなんのためらいもない。

二　忠臣蔵にのっとられた浄瑠璃坂事件

寛文十二年（一六七二）二月三日、江戸で大がかりな敵討があった。場所が市ヶ谷の浄瑠璃坂であったところから、「浄瑠璃坂仇討」と呼ばれて有名である。討手は奥平源八、仇人は奥平隼人であるが、双方に与党するもの数十人がいりみだれて、さながら市街戦の様相を呈したという。

敵味方くりだした人数においては、例の赤穂浪人の吉良邸襲撃事件に匹敵する。だが、有名とはいったものの、その赤穂浪人事件にくらべると、知名度はぐっと落ちる。知名度のない理由について、高橋圭一は、それが実録体小説の題材としてひろまらなかったからだと言い、さらに板坂則子は芝居に仕組まれなかったことをも指摘する（高橋圭一『実録研究――筋を通す文学』〈清文堂出版、二〇〇二年〉所収「「浄瑠璃坂仇討」の実録」）。確かに、浄瑠璃坂仇討は芝居や小説、近代にいたっては映画などの題材となることが少なかった。しかし、問題は、この事件がなぜそれら人衆メディアの素材にならなかったのか、を考えることのほうが重要であろう。

おそらく、忠臣蔵の話にくらべて、事件の発端がいまひとつ明確でないこと、それとなによりも人物関係が複雑にすぎるというところに、その原因はあるのかと思われる。討手と仇人がともにおなじ奥平姓、しかもふたりとも宇都宮藩主奥平家の一族で、藩の重役の家柄の当主であった。討手の父奥平内蔵介と敵である奥平隼人はいとこ同士だという説もあるくらいだから、双方に味方するものたちは血筋や姻戚の親疎でもって分かれており、この話を読んだり聞いたりするものは、それら人間関係を追うだけで緊張を強いられる。この手のお話は、筋が単純であることが肝要なのである。

巷説では、藩主葬儀の場でのちょっとした諍いが、仇討物語の発端とされている。ところが、この藩主の死に絡んだ別の事件が前後して起こった。仇討とは直接関係しないその別の事件が、それでも仇討にかかわる一部の人物とまったく無関係であるわけではなく、しかもこの事件のほうが奥平藩の存亡を左右するきわめて深刻な問題であったため、話をいっそう複雑にさせているのである。高橋義夫の小説『浄瑠璃坂の仇討ち』（文藝春秋、一九九八年）は、そのあたりを明快にして面白く読ませる作品であるが、それでも、それら事件や登場人物の関係を確認するのに、しばしば前にかえらなければならなかった。

そういった入り組んだ展開にもかかわらず、仇敵を討つに至る苦労のプロセス、徒党をくんでの討入り、討入りのとき火事場装束だったという俗伝、さらには発端が殺人でないこと（この事実は、両事件を敵討と見なすかどうかの重要な議論をはらむ）など、赤穂浪人事件にどことなく似ている。矢田挿雲が述懐しているように（『江戸から東京へ』）、そこが浄瑠璃坂仇討の話が忠臣蔵にとって代わられた要因でもあるのだろう。

浄瑠璃坂仇討を扱った実録体小説については、近年、前掲の高橋圭一の業績があって、間断するところがない。本稿はまず、高橋論文でとりあげられなかった同時代資料を紹介する。そして、仇討事件との直接の関係はないが、ことの経緯を複雑にさせた、深刻なある問題について論評を試みるものである。

その資料は、『鳩巣小説』に所収される。それを全文、次節に掲げ、現代語訳してみる。

三 『鳩巣小説』の浄瑠璃坂仇討

二月三日、牛込にて敵討の事。

奥平美作守殿、六年以前、二月御死去。其節、御子息大膳殿在江戸に候得共、御在所宇都宮興善寺と申寺にて御弔被成候。

其法事の内、美作守殿家来奥平隼人と申人、同役奥平内蔵と申人と位牌の文字の事に付口論仕出し、両方ぬき合申所に、其座に有合申者共押分申置候得共、内蔵申分悪敷おとり申体に御座候故、二、三日寺へもつめ不申、煩の由にて引籠、法事相済申日罷出、寺にて内蔵刀をぬき隼人を切申候。隼人も抜合、両人共一ヶ所宛手負申候。

然処をおさへ分、両方共に一門中に渡し、大膳殿へ早々其段申上候処、大膳殿御申候は、「美作が相果、殊に家来も御法度の追腹仕候故、手前儀何と可被仰付候処知不申候間、両人共可預置」由、御中付候。

　然る処、同五月の頃、内蔵申候は、「とかく日頃共堪忍も難成候条、切腹可仕候間、相手取申儀、一門中へ頼申」由申置、切腹仕候。

　隼人方の一門ども申候は、「右喧嘩の時分の手疵にて果候はゞ、尤、隼人切腹可仕候得共、其手は早癒候て、殊に預人自害仕候てはとかく気違と相見申候」由申に付、当分は先其通にて、同年秋の頃、大繕殿より隼人も扶持御放。

　内蔵が子、歳十二、三に成申候源八と申者御座候。是も追出し被申候。内蔵方一門、十二、三人一度に暇をもらひ申、浪人仕候。隼人宇都宮を退申時分も、内蔵方の者共ねらい申候得共、能(よく)引取候故、討申事成不申候。其後こなたかなたとねらひ候へ共、難成。

　隼人弟に奥平主馬(しゅめ)と申者は、大膳殿無構被召仕候。是をもねらひ申に付、主馬何とも気遣に存、隼人一所に可罷在覚悟にて大膳殿より暇をもらひ、宇都宮を四年以前に立退申候所、内蔵方の者ども道中にて待請、切殺申候。主馬家来十人斗、切殺申候。源八方も手負死人三、四人御座候。其上にて弥々、隼人をねらひ申に付、殊の外気遣仕、於江戸牛込屋敷を買、常々浪人多介抱仕置、家来も多持申候。

　然処、源八、常々公儀へ敵討の事御断、当月三日丑刻、上下三十人斗にて白き羽織黒く一文字打たるを一様に着候て、松明に火を付、折節風つよく御座候節、「火事」の由隼人門前呼申候を、内より門を明申候所押込(おしこみ)、隼人父奥平大学と申人、同弟源五右衛門と申人、其外家来十人余切殺し、源八腕を鑓にて少つき申候。源八伯父も深手負申候を戸板にのせ、大学・源五右衛門首桶に入引取申候。

隼人、折節留守にて近所に罷在候て承り、馬にのり上下十二、三人にて追懸、牛込の大橋の脇にて両方突合、切結候所、隼人と源八渡合、隼人ら切立、水道の上へ倒申候を源八続て飛入、隼人が首を、源八取申候。其外家来をも切殺、源八方にも手負十人斗御座候。

以上三の首取もたせ、牛込近所に源八知人の侍衆有之候。其方迄引取申由御座候。隼人首取申候は、辰刻三時斗の間故、見物も多候て花やか成敵討申事に御座候。

源八当年十七と申候へ共、いまだ丸額にて御座と申候。源八事、只今数馬と申由に御座候。如何の儀にて御座候哉、于今、死骸をも今日四日の九ツ時まで引不申候に付、御屋敷より見物に参候由被申候。

宇都宮にての様子は、内藤勘兵衛物語と承申候。昨三日の儀は牛込近所の者物語にて、承合書候て掛御目候。以上。

二月四日　　吉田逸甫

「二月三日の牛込での敵討事件のことについて記す」という一文から、この資料は始まる。宇都宮藩主奥平美作守忠昌が、六年以前の二月に、国元で死去した。ただし、この文章の書かれたのが敵討事件の直後であるから（後述）、実際は四年前のこととなる。

このとき、世子の大膳亮昌能（だいぜんのすけまさよし）は在江戸であった。葬儀は国元で執り行われた。法事のとき、奥平隼人と同姓内蔵介とが位牌の文字のことで口論になった。双方、刀を抜きかかる仕儀になろうとしたが、いあわせたものが両人を分け、その場はなんとかことが収まった。

口論の形勢は内蔵介に分が悪く、恥辱をおぼえた内蔵介は、病気を理由に自宅に引き籠もって、法事のあいだ寺にも詰めなかった。そして、法事の最後の日になって、内蔵介はその席に出てゆき、刀を抜いて隼人に斬りつけた。隼人も抜きあい、両人ともに手傷を負った。両人はそれぞれ一門中に預けられ、事件は江戸の大膳亮昌能に伝えられた。それを聞いた大膳亮の言葉、

「先君美作守の死去につき、幕府のご法度をわが家臣が犯した。どのようなお咎めがあるものか、予断をゆるさぬ最中（さなか）のことであるのに」

そう言って、大膳亮は、「両人とも預け置くべし」と指図する。

預けおかれていた奥平内蔵介は、同年五月、切腹をして果てた。遺言「相手取中儀、一門中へ頼申由」とは、喧嘩両成敗、こちらが腹を切るのだから、相手の隼人も切腹が当然という意味である。だが、「相手」の隼人たちの言い分はつぎのようなものであった。

「喧嘩が原因の手傷で死んだのなら、こちらも切腹しようもあるが、傷ははや癒えたはず。おまけに預りの身で自害するとは、もってのほかの心得違い」

藩当局は隼人たちの言い分を入れそのままに仕置いたが、同年秋に隼人の禄を召し上げた。切腹した内蔵介には齢十二、三になる息子源八がいたが、こちらも禄を奪われた。内蔵介一門十

数人も暇をもらって浪々の身となり、隼人が宇都宮を立ち退くさいに討ち果たそうと狙ったが、ならず、その後もしばしば狙ったけれども、成功しなかった。

隼人の弟に、奥平主馬なるものがいた。この男については構いなしであったのだが、源八一味は主馬をも付け狙う。そこで、主馬は隼人とともに行動することにして、暇をもらい、四年前に宇都宮を立ち退こうとしたときに、待ち伏せにあって斬り殺された。そのとき双方ともに死傷者がでた。源八らの隼人追及はなおも続く。隼人は、江戸牛込に屋敷を買い、浪人を雇い入れ、家来も多く抱えて用心した。

源八は、かねてから幕府に敵討のことを申し入れていた。いよいよこの月（寛文十二年二月）三日の丑の刻（午前二時ごろ）、総勢三十人ばかりが、全員、白い羽織に黒く一文字を染めたのを着して集まった。松明に火をつけ、隼人の門前で「火事」と呼ばわる。うちから門を開けるのに乗じて門内に押し入った。隼人の父奥平大学、弟源五右衛門そのほか家来十人ばかりを斬り殺した。奥平源八は鑓でつかれて軽症、その伯父は重症をおった。大学と源五右衛門は首を刎ねられ、桶に入れられた。

さて、肝腎の隼人はちょうど外出していた。異変を聞いて駆けつけ帰る。牛込の大橋のわきで源八らと行き逢い、双方で斬り合いになった。隼人と源八がわたりあい、死闘の末、源八が隼人の首を討ち取った。

源八らは三人（隼人・大学・源五右衛門）の首をもって、牛込の源八知人のもとにひきあげた。隼人が討たれたのは、はや辰の刻（午前八時ごろ）であったので、見物人も多く出て華やかな敵討であった。源八は当年とって十七歳であるが、まだ丸額で、いまは数馬と名のっている。どうしたわけか、きょう四日の九つ（正午）まで死体を引き取りにくるものがなかったという。以上、宇都宮でのことは内藤勘兵衛の物語、昨三日の騒動は牛込辺のものの話を聞いて書き記した。二月四日、吉田逸甫。

四　敵討よりも深刻な問題

『鳩巣小説』の成立、資料としての性格に関しては、宮崎修多「鳩巣小説大要」（『近世文学俯瞰』汲古書院、一九九七年所収）、同「「鳩巣小説」の変化と諸本――近世写本研究のために」（『語文研究』八十六・八十七号、一九九九年六月）に詳しい。また本書四章でも私見を開陳しておいた。ひとことで述べれば、江戸の室鳩巣らより加賀の青地兼山・浚新兄弟らのもとに届いた書簡のなかから、鳩巣の時代においてはすでに歴史的事件となった話題の記事を選んで成ったものということになる。

「鳩巣小説」という書名で流布するが、すべてが鳩巣の書簡からのものというわけではない。掲出の全文は、入手した資料を書写しただけのものであって、書簡執筆者自身の文章は見えない。したがって、右の一条が鳩巣の書簡のものかどうかは不明である。『鳩巣小説』では、この前後にある三条は、浄瑠璃坂一件と同様、伊達騒動と山鹿素行配流事件にかかわるそれぞれの同時代資料らしきものの写しであって、想像するに、同一の書簡にこれら四か条は並べられていたものであろう。
右資料の注目すべきは、これが事件の翌日に書かれたもの、すなわちリアルタイムで記したと称している点にある（信憑性はさておき）。報告者「吉田逸甫」については未詳であるが、明和・安永ごろに活躍した講釈師に吉田一保（よしだいっぽう）なる人物がいる（『中村幸彦著述集』第十巻「吉田一保」「神道系講談」「吉岡天山と北野実伝記の再説」）。あるいは、この吉田一保の先々代ぐらいにあたるものか。

この話は大変ややこしい。右のように現代語訳してみても、討手と仇人をめぐる人物関係を、頭のなかですっきり整理するには時間がかかる。また、先にも言ったように、この事件を敵討と見なすかどうかは議論の分かれるところであろう。今回は、それらには深入りせず、この資料がなにげなく語っているもうひとつの事件について問題にしてみたい。じつは、宇都宮藩奥平家の今般の複雑な事件をさらに複雑にしているのが、このもうひとつの事件であったのだ。

それは、前藩主葬儀の場での重役同士の喧嘩に対して吐いた世子大膳亮の、「美作（みまさか）が相果（あいはて）、殊に家来も御法度（ごはっと）の追腹（おひばら）仕候故、手前儀何と可被仰付候処知不申候間」という言葉である。喧嘩騒ぎは、藩主の喪に服しているときの不謹慎な出来事である。だが、ことは奥平家家中のトラブルであって、この一件は、落ち着いてから処理すればいい。そんなことよりも、いま宇都宮藩奥平家が直面している、対幕府との問題のほうが重大であった。大膳亮の言葉「手前儀何と可被仰付候処知不申候間」には、些細な家臣の喧嘩などに構っているゆとりはない、という口吻（こうふん）が露骨である。
大名家の当主が没しても世子がいれば、お家は安泰である。奥平家の場合、嫡子大膳亮は立派に成人しているのだから、なんら問題はない。だが、宇都宮藩はこのとき、藩主が死亡して新藩主への代替わりを待つ、というような普通の状況ではなかった。

宇都宮藩が直面している深刻な問題、それは藩士のひとりが「追腹」をおこなったことであった。追腹とは、主人の死にしたがって切腹すること、すなわち殉死である。浄瑠璃坂事件の報告者吉田逸甫は、殉死のその後についてはなんの言及もしていない。それは、これ以上それを書くと話として収拾がつかなくなるということ、殉死事件は敵討の事件とは直接の関係はないこと、によるのであろう。とはいえ、奥平家にとっては、殉死の一件のほうが、藩の存亡を左右するきわめて深刻な問題であった。

五　殉死と世間体

葬儀の数日前、亡き前藩主奥平美作守の寵臣であった杉浦右衛門兵衛という藩士が、殉死をした。江戸時代初期において、この殉死という行為は、主君に対する忠誠のあらわれとされていた。そして、それが武士道の美風として風習化されていって、主君から恩をうけたもの、寵愛されたものは殉死をするのが当たり前という風潮が蔓延した。

殉死をするには、主君の生前にその許可がいるという作法があって、病床の主君から「おまえは死んではいけない」と釘をさされたら、殉死はかなわない。森鷗外の小説「阿部一族」の阿部弥一右衛門も、主君から殉死の許しを得ることができなかった。だが、家中の一般藩士たちは、「阿部は当然、殉死するもの。なにをおめおめ生きながらえておるのだ。死ぬのがこわいか、臆病者」という目で弥一右衛門を見る。その侮蔑に堪えられなくなって、かれは腹を切る。鷗外の小説は、そこから始まるのである。

元来が戦場での戦闘員である武士は、死をおそれてはいけない。死をおそれないのが武士のあるべき姿であって、武士道という思想もそれが基本になっている。だがしかし、それは命を粗末にするということとは、また別の話であるだろう。戦国時代の殉死は、主君が病死である場合はおこなわれない。主君が戦死したときに限られており、このことは、主人を失っては生きてゆけない、戦場という特殊な状況下であるからである。

だが、平和な時代の武家社会では、戦場での死がとおく過去のものとなった。そして、殉死が主君への無償の愛とか忠誠心のあかしとして風習化してくると、阿部弥一右衛門のような立場にたたされるものがでてくる。死ななければ、世間は承知しない。たとえば、三代将軍家光の死にさいして、家光の信任厚かった老中堀田加賀守と阿部対馬守がやはり殉死した。ひとはそれを当然のことと納得する。だが、このふたり以上に家光にかわいがられ信頼されていた松平伊豆守が切腹しなかったことに、世間は不満をもった。伊豆守は、家光の竹馬の友でもある。伊豆守こそまっさきに腹を切るものと、世間は期待していたのである。「知恵伊豆」と称されてもてはやされていたのだが、この一件、つまり殉死をしなかったことでもって、伊豆守の人気は凋落してしまった。

六　現実政治のなかの殉死

さて、宇都宮藩がかかえていた深刻な問題に話を戻さねばならない。一般に武士道の美風と称えられる殉死事件が、なぜ宇都宮藩に重苦しくのしかかっているのか。

じつは、この五年前、武家諸法度改定にさいして、幕府から口頭で殉死禁止の命令がでていたのである。「殉死は以後、国禁」と幕府はきつく達した。『鳩巣小説』文中の「御法度の追腹」とはそのことをいう。徳川幕府政権のいわば憲法ともいうべき武家諸法度を、奥平家の一藩士杉浦右衛門兵衛は犯したのである。この事件は、禁令に抵触する初めての事例であった。だから、幕府からどのような沙汰がくだるか、かいもく予測がつかなかった。

殉死禁令を出した四代将軍のブレーンたち（先の伊豆守も参画している）はけっして、殉死を、武士道精神を体現する美風だなどとは見なしていなかった。人の生死にかかわる、社会秩序を乱す悪風でしかない。戦国時代以来のこのあしき風習を断ち切るために、重い国禁としたのである。だから、幕府は、宇都宮藩の事件を軽々に扱うことはできない。このたびの処分内容が以後の判例となる。慎重には慎重を期さねばならなかった。

いっぽうの宇都宮藩は、まったく前例のない事態に直面した。予測も予断もままならない。最悪の結果を想定する人間なら、お家取り潰しまでを視野に入れる。そういうことを考えたくないもの、あるいは根っからの楽観論者は、つぎのように考えるだろう。幕府が禁止していることを、だれが強制するものでもない。すべては本人の純粋な発意によるものである。だから、できうれば、処罰は殉死者本人のうえでとどまってほしい。処分は本人だけにといっても、本人がすでに死んでいるのだから、これはかなり虫のいい発想ではある。

しかし、そこまで能天気な楽観主義ではなくとも、多くの藩士の心情には、処分はそれほど重くはないだろう、軽くあってほしいという、淡い期待がなかったとは言いきれない。わたしは、そういう気がしてならない。なにが藩士たちにそういう期待をいだかせるのかといえば、それは、忠誠心からでた行為だ、という「甘え」である。

殉死容認の時代、殉死者には、その墓を主君の墓のそばに建てたり、子孫を優遇したりするなどの措置がほどこされた。そこから、打算的な動機で殉死するものもいた。だが、幕府が禁止した以上、杉浦右衛門兵衛の切腹は、体面や名誉欲からの殉死ではありえないし、まして子孫の利益などというのは論外である。あるのは、主君への無償の愛、純粋な忠誠心だけである。幕閣といえども、かれらは全員、武家社会に身をおく、れっきとした武士である。おなじ武士として、家臣の主君への至誠の思いに感じ入らないはずがない。藩士の多くは、程度の差はあっても、おそらくそのように思っていた。そうであってほしい、そうであるはずだ、と思っていたであろう。

がしかし、将軍家綱の後見にして幕閣の実力者（ということは殉死禁令発布の当事者・責任者）保科正之は、江戸時代きっての理性的な現実政治家であった。峻厳このうえない儒学者山崎闇斎のパトロンにして、もっとも優秀な弟子でもある。儒教の教えでは、親からもらった体に傷をつけることを、親不孝のきわみとして忌み嫌う。であるからして、不孝であるうえに社会になんの貢献もしない殉死など、とんでもない。

宇都宮藩士の泣き落としに近い情緒的な論理は、この哲人政治家には通用しないのである。

幕府の裁定は、まず、殉死者の子を斬罪に処すことであった。そして、殉死者の係累を追放処分とする。さらに、新藩主昌能も殉死をとめられなかったことが怠慢と見なされ、二万石を削って出羽国山形に転封（てんぽう）となった。幕府は、断固たる処分をくだした。そして、全大名に対して、これが幕府の姿勢である、以後これを先例とする、と厳しく宣言したのである。

お家取り潰しという最悪のシナリオは避けられたが、主君への純粋な忠誠心などという甘い考えが、社会秩序を最優先させる現実政治の前では世迷言（よまいごと）にすぎないということを、宇都宮藩のみならず、日本全土の大名とその家臣団たちは思い知らされるはめになった。以後、殉死という行為は、陸軍軍人乃木希典（のぎまれすけ）によって時代錯誤的に復活されるまで、絶えるのである。

七　殉死するもののメンタリティ

わたしは、ここで、殉死して果てた杉浦右衛門兵衛の心中（しんちゅう）を推し量ってみたい。

かれは、亡き主君のあとを追って自害することが、幕府から禁止されていることくらい、知っていたはずである。だから、腹を切ったからといって、むかしのように、世間から称賛されるだろうとか、子や孫が主家から優遇されるだろうなどという不純な思いは、これっぽっちもなかったであろう。かれは純粋に、美作守の恩愛に報いるために、無償の愛をささげたのである。ただただ、前殿様のお供をして死出の旅路につくことの幸福感にうち震えた。だれも（幕府といえども）この至上の君臣愛を裂くことはできない。

右のような右衛門兵衛の思考は、けっして理性を欠いたものではない。いや、むしろ、きわめて冷静で明晰な論理のもとに思考されていたというべきだろう。だから、みずからが腹を切ったあとの宇都宮藩について、残された家族の行く末について、考えたにちがいない。右衛門兵衛なりに、近い未来を想像するところはあった。ただ、みずからの行為が主家に災厄をもたらすものだとは、思いおよばなかっただけである。主君への至誠の心を示して、どうして罰せられるのか。なぜ藩が存亡の危機におちいるのか。かれの思考にはそれが欠落していた。

幕府の殉死禁止令も、理解できないわけではない。だが、その法律は建前である。幕府から藩になにがしかの叱責はあっても、それは形だけのものだろう。忠義忠誠こそがすべてに優先するのだ。幕閣の本心は、わたしのことを、あっぱれ忠義の鑑といって褒める、そうあるのが当然だ。おもてだってわたしの忠義がとりあげられることはないだろうが、わたしはそれで十分である。わかってくれる人だけで十分である。そもそも、知られたいと望んだり、褒められたいと思ったりすることが不純である。自分はそんなことを期待して腹を切るのではない。世に隠れて亡き殿へのご恩報じを全うする、これこそが真の忠義なのだ。

このようなパターンで思考すれば、藩や家族についての後顧の憂いなど、かれのなかに入り込む余地はない。殉死禁止令など、武家社会の現実では運用できない、実効のない空文である。

杉浦右衛門兵衛は、そのように考えて(というか、なにも考えずに)腹を切ったのである。かれは、自分の行為を理解してくれる唯一の人は、明君のほまれ高い保科正之公だけだと思っていたかもしれない。

よかれと思ってやったことがお家(組織)に危機をもたらす、杉浦右衛門兵衛が発揮したこのような忠義の心を、いったいどう形容すればいいのか。腹を切ることは自己主張であるといったところで、所詮は、亡き先君を「ああ、忠義の臣よ」とよろこばせるだけの行為にすぎない。藩をあげて杉浦右衛門兵衛のような藩士ばかりであったら、その藩はどうなるか。最高権力者である藩主に対して異議申立てをするなど滅相もない、そういう組織になってしまうであろう。だが、そういった組織の脆さは、数えきれない歴史の教訓が教えてくれる。江戸時代の武家社会は、そういう体質の組織であったのだろうか。

江戸時代の武家社会において、主君が反社会的な行為、あるいは家臣の納得できないおこないをしたとき、その組織の一員である武士が武士道精神にのっとって行動をおこす、その行動とはどのようなものであるべきだとされるのか。それは、異議申立てをすることである。「殿、それはなりませぬ」と発言することであった。武士道でよく使われる言葉に「諫言」「お諫め」があるが、この諫言・お諫めという行為こそが、藩主への異議申立てなのである。

むろん、諫言されれば不快になるのが普通である。封建君主の権力は絶大だから、その場でお手討ちになることだってある。諫言は、死ぬ覚悟でおこなわなければならない。だが、武士道では、家臣の異議申立てを奨励する。武士道の名著として読まれたものに、『明君家訓』という書物がある。八代将軍吉宗が推奨し、ベストセラーとなった。その書の冒頭が、家臣に「諫言」を求める一段である。この一段については次章で再説するが、この「明君」はここで、主君に諫言することこそが忠義の証であると強調する。

そして、組織構成上じつによく出来ているのは、「諫言」が重役の職務であり権限であるとされていることである（『葉隠』など）。「諫言」は、高禄を得ているもの、つまり重い責任を負っている立場のものしか許されない。それによって「諫言」という行為が、諫言をするものの個人的発意によるのではなく、一般武士をもふくめた藩全体の意志として発動される、という仕掛けになっているのである。

八　ふたたび、白石の言いたかったことは

諫言をしたからといって、暴君の行状が改まるとはかぎらない。改まらないのが暴君の暴君たるゆえんのもので、言ってだめなら、あとは行動をおこすしかない。「諫言」というのは、ひとつの

手続きであるといえる。家臣の言うことに耳をかさなければ、実力行使も辞さない、ということの意思表示なのである。

そして、重臣たちはそれを実行に移す。殿様の自由を拘束し、監禁するのである。これを俗に「主君押込（おしこめ）」という。お家の存続をはかる責務を負わされているのが、大名家の重役たちであり、そのための代々の高禄である。だから、その当然の義務として、お家を滅亡の危機にさらすがごとき主君は押し込める。武士道は、かれらがその権限を持つことを保証する。そうやってお家はつよくなる。

そこで、本稿冒頭にあげた、新井白石の一件を思い起こしていただきたい。

白石は、主家筋である土屋家の御家騒動を、なんのためらいもなく自伝に記す。そして、父も藩主排斥の一味であった、その事実を隠そうとする様子が露ほどもない。なぜかといえば、まさにこれこそが主君押込であり、父たちの起こした行動は、武士道に照らしてなんのやましいところもない、むしろ武士道にのっとった、重役のひとりとしておこなわなければならない行為であったからである。むろん、現実には抵抗勢力が存在して、ことを成功させるためには慎重を期さなければならない。心ある家臣たちが結束して、一般藩士の支持をとりつけることにつとめ、機が熟するまで軽挙はつつしむ。土屋家の事件は、そういった慎重さに欠けていただけである。白石の父は、「もっと慎重に、綿密な戦略と戦術で」と言ったのであって、主君を除くことに異をとなえたのではない。

そのように考えるならば、この事件を語る白石の筆致からは、むしろ誇らしさのようなものが感じられる。

かく論じきたって、いまの日本社会は強い組織の集合体であるのだろうか、という思いに到る。どこを向いても、誤った忠誠心でもってなんとか生き延びてゆくしかないというのが、いまの日本である。それが組織のためにならない、日本の未来を危うくするとわかっている人も、とりあえず自分が飢え死にしないために、心ならずも誤った忠誠心をささげなければならない。自立した自分を殺さなければ、生きていけない。自立した自分を殺してきたから、なんとか生きてこられた。そのような組織の成員に、主体性を持て、みずからの考えで行動しろ、と要求したらどうなるか。

社会が閉塞すれば、われわれ個人も閉塞する。「そういう時代だからこそ、失敗をおそれず、チャレンジ精神をもて」とお題目だけは立派なことを言っても、なに、失敗でその人がマイナスにしか評価されない組織において、一度の失敗がいつまでも尾をひくような社会において、だれがチャレンジ精神をもって異議申立てができるというのか。おそれるなと言うその裏で、失敗したら切り捨てるのが、いまの日本のシステムではないか。そういう環境では、当然、行動はおこさない、失敗は隠す、失敗でないと言い張る。それによって、より大きな失敗を誘発してしまう。そして、みんな失敗をおそれる。

失敗がリストラの口実となりかねないいまの日本で、「行動をおこせ」は人減らし作戦の巧妙な手段になってしまう。要領のいい人間はそのワナを知っているから、「失敗しないいちばん確実な方法は行動しないこと」と読み替える。かくして、そういった組織は、無気力スパイラルに突入してゆく。無気力の蔓延した組織、たとえば崩壊前の社会主義国家がそれであった。これは歴史の教訓である。

先の『明君家訓』の実際の著者は室鳩巣であったが、鳩巣は『鳩巣小説』で、つぎのような興味ぶかい話をもちだす。

家光の時代、江戸町奉行に島田幽也（しまだゆうや）というものがいて、大変な切れ者であった。ところが、不運にも子孫は衰え、いまでは微禄の身となってしまった。そのことを古参の家来が嘆くと、ひとりの男がこう言った。

「わたしも幽也様のご恩をうけた身で、ただいまご子孫ご衰微のこと、まことに気の毒千万と存じます。がしかし、それも道理と思うのです。おのおの様は、幽也様を知恵のすぐれたおかたとおっしゃいますが、すなわちそれがご子孫衰微のもとなのです。知恵の浅い人はものごとを見逃すことが多くあるので、不正や失敗があってもなおざりにするところがある。それでかえって人はくつろぐのです。幽也様は知恵が深いゆえ、町奉行の時分、わずかのことも見逃さなかった。不正や失敗をすこしも許すことができず、おのずから吟味がきつくなり、人々も難儀するようになった。町奉行などというものは、鷹揚（おうよう）に見逃すところがなくては、人々が難儀するものです。それでもってご子孫が繁栄しないのだ、とわたしは思うのです」

参考文献

笠谷和比古『主君「押込」の構造――近世大名と家臣団』（平凡社、一九八八年）
山本博文『殉死の構造』（弘文社、一九九四年）
畑村洋太郎『失敗学のすすめ』（講談社、二〇〇〇年）
白石良夫『説話のなかの江戸武士たち』（岩波書店、二〇〇二年）

七章　作品化される諫言――『明君家訓』から『駿台雑話』へ

一　武士道の「忠義」の特殊性

「武士道（ぶしどう）」という言葉がいつごろ定着したかは別にして、その観念は、武士が日常的に戦場にあったところから生まれたものであろうとは想像がつく。だが、江戸時代の武士は、平和な社会の規範であることをも要求された。したがって、近世武士の語る武士の道は、幕藩体制下という江戸時代固有の思想として捉えなければいけないだろう。

たとえば、江戸時代に武士道を論じるのは、一般に儒教の領分とされている。徳川幕藩体制の時代になって、儒教思想が社会の規範となったために、武士道を論じることも儒教が担当したのだが、そのこと自体は、きわめて特殊と考えなければならない。儒教の本場中国には、日本の近世武士にあたる階級そのものが存在せず、しかも、儒教の本質は、文官（シビリアン）かくあるべしを論じる思想であった。したがって、戦う集団という遺伝子をもったまま平和な近世社会を支配する武士階級は、本来の儒教の枠組では扱えない存在である。

「忠義（ちゅうぎ）」の「忠」も「義」も儒教の徳目であるが、右のような事情から、武士道における「忠義」

を論じる場合は、近世武士の特殊性を考慮しなければならない。本章では、近世の代表的道徳論者でもある室鳩巣の武士道論を紹介し、随筆『駿台雑話』（享保十七年〈一七三二〉序）にどのように作品化されているかをうかがってゆく。

二　『明君家訓』の「諫言」論

江戸時代の武家社会において、主君が反社会的な行為、あるいは家臣の納得できないおこないをしたとき、その組織の一員である武士が武士道精神にのっとって行動をおこす、その行動とはどのようなものであるべきだとされるのか。

殿様という絶対君主の言うことはご無理ご尤もといって、絶対服従が家臣のとる道かというと、そうではない。異議申立てをしなければならなかった。「殿、それはなりませぬ」という発言である。「諫言」「お諫め」というこの行為、これが藩主への異議申立てである。

むろん、諫言されれば不快になる。封建君主の権力は絶大だから、その場でお手討ちになることだってある。諫言は、死ぬ覚悟でおこなわなければならない（これを称して「必死」という）。そして、武士道では、家臣の異議申立てを、「忠義」の最高の顕現として大いに奨励する。

江戸時代、武士道の名著として『葉隠』以上に読まれたものに、『明君家訓』という書物がある。後世までかたりぐさとなるような君臣関係を築くための心得を、主君が家臣にむかって語る、という形のこの小冊の本は、八代将軍吉宗が推奨し、一時、吉宗自身の著作ではないかと噂にもなってベストセラーになった。その書の冒頭に、家臣に「諫言」を求める一段がある。

> 古代の聖賢の君さえ群臣の諫言を求めた。それがしごときは、先祖が善を積んだおかげで君位にのぼった。みなの上にいるとはいえ、生まれつき不肖で、君主たるの道に背くのではないかと、いつもおそれている。だから、それがしの品行から領国経営まで、大小によらず、すこしでもよろしくないこと、または思っているところを、遠慮なくそのまま申すようにしなさい。国政（藩政）は家臣・領民にかかわることであるから、些細なことでも大事であって、みな使命のあるはずのことである。だから、みなも遠慮していてはいけない。
>
> しかし、そうはいっても、それがしの機嫌をそこねるのではないかと、あれこれ忖度して心もとないであろう。また、遠慮せず諫言しろと言っていても、悪いところをつよく言われれば、不快な顔色を見せることもあろう。そんなとき、懲りてしまって、二度と諫言しないようになるかもしれない。だが、それはすこし考え直してほしい。万一それがしがそんな態度を見せたとしても、それは一時のことであって、それがしの心底は、ちかって、いま言ったとおりで、うらおもてはない。自分の悪いところを人に隠すなどということはないので、見るところ聞くところ、なにごとによらず、それがしの機嫌に構うことなく諫言するよう求めるのだ（「機嫌をはからはず諫言をたのみ申候」）。

たとえ不確かなことでも、その真偽は問わない。たとえば、遊興を好むとか、勝手気ままにふるまうとか、自己の威勢をつのらせるとか、才智に誇りすぎるとか、諫言を用いないとか、武備をわすれるとか、家臣百姓に対して憐憫がないとか、無用の器物をもてあそんで浪費をするとか、普請にばかり熱心で民をこきつかうとか。これらのことは、自分がいちばんよくわかっている。これらのほかにも、思いついたことがあれば、対面のとき直接にでも、または書付ででも、申し出てほしい。

秘したいとなら、封緘でもよろしい。取次のものは、すこしでも延引すれば不届きと心得よ。もちろん、それがしに渡すまえに見たりしてはいけない。

諫言は家臣の義務であり、それによってこそお家の安泰が保障される、という思想がここにはある。そして、組織構成上じつによく出来ているのは、さまざまの武士道書によれば、諫言が重役の職務であり権限であるとされている点である。軽輩のものの諫言は許されない。諫言をするのは、高禄を得ているもの、つまり重い責任をおっている立場のものでなければならない。これは、「諫言」という行為が、諫言をするものの個人的発意によるものではないということを意味する。一般武士をもふくめた藩全体の意志として発動される、という仕掛けになっているのである。諫言する重役は、したがって、家臣団の総意の代弁者であり、そのことは主君への民主的な圧力となるし、また諫言の正当性をも保障する。仮に殿様の逆鱗に触れて叛逆と見なされても、その責任は諫言した重役が負う、そのための高禄なのである。間違っても、秘書や運転手が自殺するなどという理不尽なことはない。

三 『明君家訓』の著者室鳩巣

ところで、『明君家訓』の著者は、正徳五年（一七一五）の出版当初、不明であった。前述のように徳川吉宗の著作だと噂されたり、当時さかんに教訓書を執筆出版していた井沢蟠龍が著者だとか、じつはかの水戸黄門、徳川光圀の著書なのだとか、さまざまに取り沙汰された。だが、真相は、享保改革政治で有力なブレーンの朱子学者、室鳩巣の若き日の著述であった（詳しくは本書「『明君家訓』の成立と諸版」参照）。

室鳩巣は木下順庵の弟子で、加賀藩前田家に仕えていた。正徳元年、同門の親友新井白石の推薦によって、加賀藩儒から幕府奥儒者に転身した。白石は家宣・家継二代に仕えたが、吉宗が紀伊徳川家から宗家を相続して八代将軍に就くと失脚した。が、鳩巣のほうは幕府にとどまって、吉宗からの信頼も厚く、改革政治のよき相談相手となった。

鳩巣の代表的な著作に『駿台雑話』という随筆集がある。朱子学の立場から学問・道徳・政治などに関する意見を和文でつづったものであるが、歴史上の豊富な逸話を素材にした達意の文章は、ながく読書界に迎えられ、戦前までは国語読本の定番教材でもあった。

その巻三に、諫言をテーマにした話がある（「直諫は一番鎗よりも難し」「杉田壱岐」）。主君に面とむかって諫言することは、戦で一番鎗の手柄をたてるよりも難しく、ながい目で見れば、そちらのほうが主家への真の忠義なのだ、と家康は常日頃、口にしていた。それにつけても思い起こすのは、かつて加賀の地にいたころ古老から聞いた、松平忠直と家臣杉田壱岐のエピソードであるといって、語りはじめる。

四 『駿台雑話』の松平忠直と杉田壱岐

松平忠直といえば、ひとむかし前なら、菊池寛の小説「忠直卿行状記」でよく知られていた。この小説を詳しく説明しているゆとりはないが、主人公の松平忠直は、徳川家康の第二子秀康の長男、すなわち家康の孫にあたり、父の死によって北庄（福井）六十七万石を襲封した。大坂の役に出陣して華々しい戦功をあげたにもかかわらず、期待したような恩賞にあずからなかったため、将軍家に不満をいだくようになり、家康没後は江戸への参勤をおこたって、二代秀忠将軍に対して不遜の態度をとった。家臣や領民に凶暴なふるまいが絶えないという、よからぬ噂も幕府に聞こえてきた。領国経営にも支障をきたしたため、将軍秀忠は忠直に改易を命じ、豊後国萩原に配流した。

忠直が暴君であったという話は、いつのころからか人の口の端にのぼっていたらしく、『駿台雑話』で鳩巣の語る話もそれが念頭にある。菊池寛の作品も、世間に流布した忠直像を下敷きにして創作されたものであった。

杉田壱岐は、この忠直の家臣であった。もとは足軽であったが、その才覚が忠直に認められ、藩財政をきりもりして、家老にまで昇進した。

この杉田壱岐、そういった手腕もさることながら、つねに主君に面とむかって直言する硬骨漢でもあった。

あるとき、忠直は国元で鷹狩りをした。夕刻、帰城した忠直はご機嫌であった。出迎えた家老どもにむかって、

「本日の供のものたちの働きぶりはみごとであった。万一のときにも、役目を立派に果たせるであろう。みなもよろこべ」

と言った。それを聞いた家老どもはいずれも、それはそれはと歯の浮くようなおべんちゃらを言う。ところが、末座に侍っていた壱岐だけは黙っていた。忠直は、壱岐がなにか言うかと待っていたが、なお黙っているので堪えかねて、

「壱岐はどのように思うのか」と聞いた。

「ただいまのお言葉、はばかりながら嘆かわしいことと存じあげます。このせつ、藩士どもが鷹狩りのお供をするときは、出先でいつお手討ちになるやもしれずと、妻子に暇乞いして出かけると聞いております。かように主君を疎みおそれていては（「上をうとみ候ふて思ひつき奉らず候」）、万一のときの御用に立つとは思われません（「万一の時御用に立つべきとは不存候」）。それをご存じもなく、頼もしく思われるなど、まことに愚かとしか言いようがございません」

と言った。言われて、忠直はいっぺんに不機嫌になった。それをいちはやく見て取った近侍のもの

が壱岐にむかって、

「下がれ（「座を立ち候へ」）」

と言ったが、壱岐はその侍をにらんで、こう叱った。

「そなたたちは鷹狩りのお供をして、鹿や猿を追いかけるのをご奉公と心得る。だが、この壱岐の奉公はそのようなものではない。いらざることを言うな（「いらざる事申し候な」）」

そして、忠直のそばに進み、

「お手討ちあそばされくだされ。むなしく生きながらえて、お家のご運の衰えるのをこの目で見るよりは、ただいま殿のお手にかかるならば、せめてものご恩報じのしるしと存じます」

と言って、首を差し延べた。忠直はそれを見て、なにも言わずに奥の間に入っていった。

ほかの家老どもは壱岐に、

「お家のためを思ってのことはもっともと存ずるが、場所柄もござろう。せっかくご機嫌でお帰りなのに、それをそぐようなことは控えられよ」

と言ったのに、壱岐はこう答える。

「諫言するのにご機嫌を考えていては、よき折などござらぬ（「君へ諫めを申上げ候に、御機嫌を考へ候ふては、よき折とてはなき物にて候」）。きょうこそよい機会とは思いなさらぬか。それに、それがしはいまの殿から取り立てられた身（「御取立のもの」）。おのおの様とは違います（「わけのちがひたる」）。お手討ちにあっても、その分のこと（「御手討ちにあひ候ふても其分の事」）」

さて、壱岐は帰宅後、切腹の覚悟をして君命を待った。妻を呼んで言う。

「そなたは女の身なので、殿から直接のご恩を受けたわけではない。だが、それがしがご厚恩をこうむったおかげで、足軽の妻といわれた身が、いまは歴々の妻として大勢のものを従わせるまでになった。これ以上のご恩があろうか。であるから、それがしが切腹を仰せつかっても、このご恩をわすれず、一瞬たりともわが殿を怨み奉ることがあってはならない。愚かな女心で、身の不幸をかこって殿を怨み奉るようなことを、言葉の端といえども漏らしてはならない」

そうこうしているうち、夜更けに、「登城あるべし」とのお召しがあった。

登城するとそのまま、忠直の寝所にとおされた。そこで、忠直の言葉、

「昼間、そのほうが申したこと、わが心にかかって眠れない。それで、深夜ではあるが呼んだのだ。それがしの過ちは明白で、あれこれ言うまでもない。許せ。そのほうの志を深く感じて、それがしはうれしく思っておる（「其方が心ざしをふかく感じ思ふて満足する」）」

そう言って、腰の脇差を直接、壱岐に下賜（かし）した。壱岐は思いもよらぬことに、不覚にも落涙、嗚咽（おえつ）しながら退出した。

五　重役の責任と本当の忠義——『駿台雑話』解読

鳩巣はこの話の最後を、

今おもへば、此杉田などこそ、東照宮（とうしょうぐう）の仰せられし「世に有りがたき家老」といふべし。誠に一番鎗（いちばんやり）よりも難き事にあらんかし。

と結ぶ。

『駿台雑話』所載の逸話は、『明君家訓』で鳩巣が抽象的に論じた「諫言」という行為の作品化であった。松平忠直と杉田壱岐の君臣関係は、そのまま鳩巣が求めるそれであり、徳川時代の為政者が求める「忠義」とは何かという問題を考えるときの示唆が隠れている。

まず、機嫌をそこねた主君の顔色を見て壱岐に「座を立ち候へ」と言った近侍のものと、それへの壱岐の態度に注目すべきである。この近侍のものは、忠直のかたわらにいて主人の身の回りの世話をする、つまりは小姓（こしょう）であるが、身分からいえば、家老の壱岐とは比較にならない。壱岐にむかって「座を立ち候へ」と命令口調で言ったのは、つねに主君の身近で奉仕していることからくる錯覚、奢りにほかならない。壱岐がこの小姓をにらみつけて「いらざる事申し候な」と言ったのは、小姓が家老に命令したことを咎めただけではなく、諫言を邪魔だてしたことを叱ったのである。武家社会において、諫言は家老の職権であり、壱岐はその職権を行使した。それを小姓ふぜいが妨害した、壱岐はそのことを僭越（せんえつ）だと叱ったのであった。

つぎに注目すべきは、主君忠直の前に首を差し出して言った壱岐の言葉である。諫言を聞き入れないなら、わたしを手討ちにしろ、と壱岐は言う。このまま生きながらえても主家の没落を、手をこまぬいて見るだけ、それでは武士としての奉公の道にならない。これが壱岐の言葉の意味するところである。

ここには、武士にとってもっとも大事なのは「お家（藩）」である、という思想がある。藩主を頂点とする大名家は多くの藩士とその家族・郎等をかかえており、このお家という組織に守られている。だから、お家は過去から現在まで、さらには子々孫々にまで続いてゆかなければならない。文字どおり身命を賭して護らなければならないのは、武士の運命共同体である「お家」なのである。壱岐が妻に語る訓戒も、そういう意味をこめている。

「（藩士たちが）上をうとみ候ふて思ひつき奉らず候」ような「お家」では、「万一の時御用に立つべきとは不存候」、すなわち「お家」の滅亡は目に見えている、と壱岐は言う。お家を衰退にみちびくがごとき主君は、どうあってもお心を入れ替えてもらわねばならない。そのために、藩士全員を代表して、重役がお諫めするのである。なにをおいても優先すべきは、お家の存続を願うこと、これこそが、武士に課せられたまことの「忠義」なのだ。

『明君家訓』で著者の鳩巣が「明君」に「機嫌をはからはず諫言をたのみ申候」といわせた言葉は、そのまま『駿台雑話』の壱岐の言葉「君へ諫めを申上げ候に、御機嫌を考へ候ふては、よき折とてはなき物にて候」とぴったり一致する。そして、壱岐はほかの重役たちに、自分がお歴々とは「わけのちがひたる」立場にある、それは「御取立のもの」だからなのだ、と言う。

「取立のもの」とは、忠直に認められていまの地位にまで昇ったことをいう。壱岐の言わんとするのは、父祖代々松平家の禄を食むほかの家老たちとは違うということであった。だから、「御手討ちにあひ候ふても其分の事」なのである。壱岐の心情では、この諫言という忠義の行為が単に家老の職務というにとどまらず、それとは別次元のところにあるという思いがある。軽輩の自分を家老にまで取り立ててくれた主君への報恩の気持ちは、ほかの譜代の家臣とは異なる。主君とのあいだにある特別な関係を、壱岐は主張したいのであった。

六　鳩巣の創作

この話の最後は、忠直がおのれの非を認めて、忠義の臣杉田壱岐に、「其方が心ざしをふかく感じ思ふて満足する」と言って脇差を下賜するところで終わる。『明君家訓』にいうところのつぎの一節にそのまま当てはまる。本章第二節引用の現代語訳の一部だが、それを原文で掲げる。

又は生質不肖に候間、か様に申し候うても、わが身の悪事をつよく諫められ候はゞ、不快の顔色見え申す儀もこれ有るべく候間、かさねて懲り申さるゝ様にいたしなし申すべき哉。其段は随分嗜み申すべく候。万一其気味見え候共、一旦の儀にて、始終の心底は、弓箭(きゅうせん)を以て唯今申す通りに候。惣じて某心底、内外の儀に付きおのれが悪事を人にかくし申す儀これ無く候間、見及び聞及び申さるゝ所、何事によらず、機嫌をはからはず諫言をたのみ申候。

もちろん、これが本当にあった話かどうかはわからない。そもそも諫言をしたからといって、暴君の行状が改まるとはかぎらない。それが現実であって、改まらないのが暴君の暴君たるゆえんのものである。福井松平家が改易にまで至った事実からすれば、忠直の行状は改まらず、杉田壱岐をもってしても抑えられなかった。というよりも、忠直のまわりには、鳩巣が描くような忠臣などいなかったのだ。

実際の忠直が暴虐の藩主ゆえに改易になったという史実を、鳩巣が知らないはずはない。『駿台雑話』の杉田壱岐も諫言を受け入れた主君忠直も、道徳を論じることを使命とする朱子学者室鳩巣の、武士道はかくあれかしという理念が作りあげた虚構の人物であった。

参考文献

森銑三校訂『駿台雑話』（岩波文庫、一九三六年）
石井紫郎校注『近世武家思想』（岩波書店日本思想大系、一九七四年）
笠谷和比古『武士道その名誉の掟』（教育出版、二〇〇一年）
白石良夫『説話のなかの江戸武士たち』（岩波書店、二〇〇二年）
菅野覚明『武士道の逆襲』（講談社現代新書、二〇〇四年）

附記

本章にはほかの章で使った素材との重複があるが、視点を変えてあるので、初出を生かすことを優先した。

附　『明君家訓』の成立と版本

一　刊本『明君家訓』とその草稿本

室鳩巣（むろきゅうそう）が加賀藩の弟子にあてた書簡（享保六年〈一七二一〉十月十九日付）に、つぎのような一節がある。

明君家訓、頃日楠諸士教と改名、私序をも加、且又末に此度調遣候跋語をも附候て新に仕直し申候。尤板は旧板を用候て少宛（すこしづつ）相違の処は埋木（うめき）を致し改申候。火葬の一段も此度加へ申候。すきと原本の通に罷成申候。（『兼山秘策』所収）

文中に言う『明君家訓（めいくんかくん）』は、正徳五年（一七一五）に京都の茨城多左衛門（柳枝軒（りゅうしけん））から出版された。内容は、主君が家臣にむかって武士としての心得を述べたものである。よく読まれ、後世、多くの大名家の家訓に影響をあたえた。

享保六年に再刷され、おりからの改革政治に乗じて書名の「明君」が将軍吉宗（よしむね）だと取り沙汰されたり、版元の柳枝軒が水戸藩とかかわり深かったことから光圀（みつくに）の著作だといわれたり、また井沢蟠龍（いざわばんりょう）（長秀）の『武士訓（ぶしくん）』の附録だったところから蟠龍自身の作だとされたりして、注目された。だが、実際は室鳩巣の著作であったこと、享保六年五月から十月にかけての『兼山秘策（けんざんひさく）』所収鳩巣書簡によって知ることができる（詳細は後述）。

右引用部分は、書肆の要求に応じて、著者が鳩巣であることを明らかにし、書名をもとの「楠諸士教」に復し、ついでに序文と跋文も付した新版を出す、という目論見を語っている。版木は全面的に彫り替えるのではなくて、埋木でもって補修する。ただ刊本には、原本（草稿本）にあった「火葬の一段」が、著者の意に反して省かれていた。今回それだけはどうしても付け加えたい。それによって、原本のとおりになるという（「すきと原本の通に罷成申候」）。

その草稿本の問題の部分はつぎのようなもので、傍線部分が版本では省かれていた。

父母・兄弟・妻子等死去いたし候節、葬送の礼法、古の聖人定置給へりといへども、今急に難取行候。追て宜く相計ひ可申出候。先其内寺僧頼候とも、火葬停止に候間、其旨急度相守り、誰によらず死去仕候はゞ、一統に土葬に取置可申候。若相背き候者有之候はゞ、急度可申付候。

（武士道全書による）

写本の伝存本によれば、内題には「仮設楠正成下諸士教二十箇条」とある。鳩巣の序文が付され、序題が「楠正成下諸士教」、その一節に書名の由来をつぎのように書き付ける。

仮設る楠正成下諸士教と名付ける事は、かゝる物有と聞も及ばねども、下として上に代らん事は其縁なくてははゞかりあり。昔より本朝にて人の上に居てさるあらまし心得る人は、正成なりけんかし。されば正成が所作をこゝに仮設て、筆端を記す便りとすといふ意なり。（後略）

あの楠木正成に、かかる著作があったわけではない、だが、かかる教訓を、無名の士が明君になり代わって垂れるには、それ相応の人物が語ったという設定か必要で、それにふさわしいのが楠木正成公である、よって、仮に正成の言説として、わたしの思うところを述べるのだ、と序文の筆者は言う。「元禄五年正月十三日　室直清師礼父識」と文末に明記されたこの序文は、楠公著作として世にでまわる偽書のたぐいではない、著作者はまさにこのわたくし室鳩巣である、ということの証文である。

「元禄五年」が正しければ、このとき鳩巣三十五歳、身分はいっかいの加賀藩士であった。それから二十数年後の正徳五年、「明君家訓」と題して出版されたとき、鳩巣は幕府の儒官となっていた。だが、初版出版のとき、著作者は不明ということになっており、原著にあった先の一文が削られていた。弟子にあてた冒頭の鳩巣書簡によれば、版元は著者が鳩巣であることを初め知らなかったかのごとくであるが、そのあたりの真相はわからない。知っていても知らなくても、この書の出版のセールスポイントは、幕藩体制下の明君の教訓というところにあるのだから、話題はアップツーデイトでなくてはならない。だから、「先其内寺僧頼候とも、火葬停止に候間、其旨急度相守り、誰によらず死去仕候はゞ、一統に土葬に取置可申候。若相背き候者有之候はゞ、急度可申付候」という一節は、徳川政権下の現代の話にはならない。版本でこの一段が省かれることになったのは、当然といえば当然であった。

しかしながら、著者である鳩巣の執筆の意図は、また別のところにあった。鳩巣は、正成に仮託して「火葬停止に候間」と言わせている。違反するものがあればきつく申し付ける、とも言わせている。建武中興時代あるいは南北朝時代に火葬禁止令がでたのか、鳩巣はしかるべき史的根拠をもってそう叙述したのか。だが、室鳩巣は歴史家ではない。だから、史実かどうかに、鳩巣は関心をもっていない。儒数思想家である鳩巣は、楠木正成に仮託することによって、儒教式の葬礼を主張しようとしたのである。

鳩巣にとって処女作である『楠正成下諸士教』は、楠木正成のものでもなく時流にのったものでもない、思想家室鳩巣の思想的著作であるのだということを、草稿本の序文で明言した。著者名を伏せて出版されたことは、鳩巣の本意ではなかったはずである。したがって、再版にあたって著者名を出すからには、楠木正成の名を冠した書名、初版本で省かれた一段、そして著作の意図を記した序文、これだけはぜひとも必要であった。

もっとも、この新版は、おりからの出版統制令に抵触するところがあって実現しなかった。のち、内題だけ「楠諸士教」と改めた本が出ているのだが、著者の鳩巣とはまったくかかわりがない。版木を流用した、書肆の勝手な所業であった。このことも詳細は後述する。

二 『山下幸内上書』の証言

『明君家訓』が巷間で、あるいは当局者のあいだで取り沙汰されたのは、享保改革の最中であった。『山下幸内上書』『兼山秘策』にその言及がある。山下幸内は『明君家訓』を「井沢が自作と決定」

と断定する。この井沢は井沢蟠龍のこと。

『山下幸内上書』とは、日本史では著名なものゆえ立ち入っては述べないが、享保六年に設置された例の目安箱に、同年秋ごろに投じられたという意見書である。その最後のほうに、つぎのような一節がある。

近年、井沢と申者の書に、明君家訓と申して上下二巻の書御座候。世俗専ら当将軍様御直作の書とて、或は誉め、或は譏り、其評区々にて当時はやり申候。御上覧被遊候歟。愚には全井沢が自作と決定奉存候訳は、井沢が書に武士訓と申書御座候。此文と質ひとしく御座候へば、全御上作とは不奉存候得共、世俗御上作とてもてはやし申候。文体は御上作に真似敷物に御座候。若御上作にも御座候はゞ、恐ながら御気質の顕れ申書を御弘め被遊候事、心有武士は乍恐浅間敷奉存候に御座候間、絶板に被仰付可然奉存候。（中略）誠に子供たらしの草本、質実にて無御座候へども、井沢が作にさへ相極候ば、其分に御捨置被遊候ば悪敷ものにても無御座候。

（日本経済叢書本による）

これによって、そのころ『明君家訓』についてさまざまの風評のたっていたことが知られる。『明君家訓』版本は、その見返に版元の識語が刷られていて、「惜哉、不知其係何年時何君侯之撰焉」とある。改革政治の最中であること、その教訓内容から考えて、書名の「明君」、見返の「何君侯」を、世間の人々が、将軍宣下以前から明君の聞こえ高かった吉宗に結びつけたとしても（「世俗御上作とてもてはやし申候」）、なんら不自然ではない。幸内はこれを否定、「井沢が自作」と断じるのである。

「自作」とわざわざ断って言うのは、『明君家訓』が井沢蟠龍の著『武士訓(ぶしくん)』の附録であることを意識しているからである。また、享保六年刷出しのさい、『明君家訓』に柳枝軒蔵版の蟠龍著述目録を付している。このことはかならずしも『明君家訓』蟠龍述作を意味するわけではないが、印象からは蟠龍著書と判断されても無理からぬところがある。現に、享保十四年刊『新撰書籍目録』には、

明君家訓
武士訓　井沢長秀

と見えており、『諸家人物誌(しょかじんぶつし)』(寛政四年刊)、『近代著述目録』(文化九年刊)などにも蟠龍の作として登録されている次第であり、つい近いころまで、人名辞典類などでは蟠龍著書のなかにこの書を見ることが多かった。

三　井沢蟠龍の証言

『明君家訓』が鳩巣の著作であることは、鳩巣本人の証言(後述)で明白なのであるが、蟠龍の著作でないことも、また、蟠龍本人の証言によって明白なのである。そこで、この蟠龍本人の証言なるものを紹介しておこう。それは、『山下幸内上書』への蟠龍そのひとの評語である。該資料は、熊本県立図書館蔵『雑撰集』に収録されている。『雑撰集』は、現存するもの八十五冊、近世末に宮村典太(伝未詳)によって書写蒐集された叢書で、蟠龍評語の付された『山下幸内上書』はその

第十二冊に収められている。それに蟠龍の序文が付されており、それに曰く、

> 頃日、友人某、武江の浪士山下幸内といふ者の書とて、一巻を携へ来りて予にしめせり。予、これを披閲するに、きはめて浅劣卑陋にして観るに足ずといへども、記せる中に、世に流布せる明君家訓を議して予が事に及べるあり。（中略）かゝるものに対して弁をまうけんは、かへつて鳴呼（をこ）がましきこゝちすれば、一過してやむべかりしが、又おもへらく、若（もし）は童蒙などのあやまりて信ずる事あらば、当道の害ともなるべし。然るときは傍観のそしりはさもあらばあれと、みだりに筆を起して違へるをしめすのみ。

と。そして、傍線部にかかわる評語のなかで、

> 今按るに、明君家訓、未レ知二何人之作一。

と述べるのである。蟠龍本人が、『明君家訓』の作者なんて知らない、と。

四　室鳩巣の証言

『明君家訓』については、『日本古典文学大辞典』（岩波書店）に一項設けられており（渡辺一郎稿）、その見解に異見をとなえるべきところはない。また、参考文献として近藤斉のものを掲げるのも、近藤が『明君家訓』に関する、このころ唯一の研究者であったことから妥当であろう。だが、近藤の研究には、『明君家訓』諸本についての考証に、渡辺稿の文にはあらわれない重大な誤りがある。

近藤の著書『近世以降武家家訓の研究』（風間書房、一九七五年）に即していうなら、近藤は多くの写本・版本を調査し、その成果として、それらの前後関係を考察して「発達図」なるものを作成した。しかし、それが内題に見られる書名のみをもって手がかりとしていて、異本や異版、本文異同などについての、書誌学上あるいは文献学上の基本的手続きを踏んでいない。ために、版本の前後関係は逆になっているし、そのおなじ平面上に性格の異なる写本を並べていて、ことをますます不明瞭にさせているのである。

よって、ここに、わたしの管見に入った版本の異版・偽版の問題について考察し、もって右『古典文学大辞典』の補いとするものである。

まず、『明君家訓』の実際の著者が鳩巣であるということは、鳩巣自身が門人に宛てた書簡（『兼山秘策』所収）のなかで言及している。

① 享保六年五月十九日付（以下、書簡①という）

先年蔵人殿より悴七十郎へ御土産に被下候明君家訓、御前にも上り（たてまつ）申様成さたに御座候。左様の故に候哉、此間殊の外はやり、御近習衆よりも書物屋方へ度々取に参候由。夫故、当地草紙屋に重板仕者出来候て、最前の板本京都の書坊茨城多左衛門手代当地に罷出、書物屋の法にて重板は為致不申由にて、わきの板を毀らせ申候。とかく作者無之候故、色々沙汰致し候。水戸西山中納言御作などと申者も有之候。私作と申儀承候間、其段を奥書いたしくれ候様に頃日頼候故、奥書致し遣申候。明君家訓又は序を除候事いかゞの儀に候哉。此度序をも望候故、遣申候。大方、楠諸士教と元の名に復し序を加候て板行致し直申候にて可有之と奉存候。

②　同年六月四日付（以下、書簡②という）

明君家訓の事、前書にも申進候と覚申候。只今当地一統に取はやし申候。頃日は拙者作と申儀存候て方々私噂も有之候。替たる儀と奉存候。此書板行候て十年余にも可相成候。只今迄しかと見ものも無之処に、ふと御近習に取はやし候故、俄に江戸中流布致し候。とかく万事時節と申事有之と奉存候。（中略）此間打寄申候は、か様〱の事申出し候ものはおよそ近代にも無之候。誰の作にて候故、ひたと承候処、拙者作と申事相知れ、扨こそと存、其に付御近習の衆へ縁にて右明君家訓を遣申候。（以下略）

③　同年十月十九日（以下、書簡③という。傍線部は本稿冒頭に引用した箇所）

明君家訓、頃日楠諸士教と改名、私序をも加、且又末に此度調遣候跋語をも附候て新に仕直し申候。尤板は旧板を用候て少宛相違の処は埋木を致し改申候。火葬の一段も此度加へ申候。すきと原本の通に罷成申候。其上書柄も各別宜敷相見へ候故、早速入御覧度、有馬殿まで遣し候処、少相違事出来滞申と見へ申候。元来新規に仕出し候ものは書物に限不申、先達て公儀へ相達し申筈に、当夏か町人へ被仰渡候。右諸士教は明君家訓と同物にて、少宛旧板を改申ばかりの儀に候故、序文等加へ候へば是以新規の物に候処、御届不申事、書物屋不念と申物に御座候。去共、此儀は私は曾て不存儀に候。此書の儀は兼て上も御存知被遊候故、此度新製早速御覧に入度指上申事は成程尤に候間、先請取置様子次第に御覧にも入候様に可被致旨兵庫頭殿被申候。

右書肆は京都にて茨木多左衛門と申候。柳枝軒と号申候。水戸御家書ども此者不残請取印行いたし、印板殊の外念を入候て、此度の諸士教なども随分雅に仕申候ゆへ、私料簡には御覧にも入置候て、追て板行の儀など有之候はゞ、此者に被仰付候様にもと奉存候処、右の間違にて茨木不念の様にも罷成可申哉と気の毒に奉存候。新板とは違ひ申段は有馬殿へも申入置候。有馬殿も其合点にて御座候。さしたる御咎は有まじきかと奉存候。（以上、日本経済叢書本による）

五　『明君家訓』の諸版とその版行

右の記事は、『明君家訓』の出版にかかわることが主である。そこで、版本を調査すると、管見の範囲でつぎの四種の版があった。

〔甲〕　初版

本文第三十九丁ウラに奥付あって、「正徳乙未孟春穀旦／柳枝軒茨城方道繡梓」「京師六角通御幸町江入町／書林茨城多左衛門板行」とある（この奥付は後出の丙版まで残される）。ただし、この版の初刷本は未見。すべて、巻末に「享保六孟春吉日」の年記ある「蟠龍子井沢先生輯録之書茨城柳枝軒版行目録」が一丁ついている本である。内題が二箇所にあり（一丁オモテ・二十一丁オモテ）、ともに「明君家訓」と書名のみあって巻次がない。

〔乙〕　埋木修正版

初版の版木に約四十箇所の埋木修正をほどこした版である。いまその数例を挙げる。上が甲本、下が乙本、傍線部分が彫り替えた箇所である。

のごとく成物からしも　→　のごとく成ものから
世話のごとく　→　世話うとく
泣かなしひ候は　→　泣かなしみ候は
寄會の料理　→　寄合の料理

これらによって、甲本の誤りが多く正されているが、彫り替えた部分の字数が異なるによって、字間が窮屈だったり間延びしたりするところがある。

この本もまた、「享保六孟春吉日」の年記をもつ一丁分の蟠龍著述目録を付している。甲本で使った版の一部分に埋木したものと、全体をあたらしく替えたものとを見得た。

〔丙〕　改題版

前半の内題（一丁オモテ）を「楠諸士教」と改めた本である（二十一丁オモテのそれは「明君家訓」のまま）。本文は、一丁〜四丁が甲本とおなじ本文、五丁以下は乙本とおなじである。そして、版面はというと、前者は甲本を被せ彫り（かぶせぼり）したもの、後者は乙本と同版木である。この本に付される蔵版目録は、甲・乙のそれからはかなり時代のくだった柳枝軒のものである。さらに、この版木は柳枝軒の手を離れ、京都山城屋佐兵衛の奥付をもつ本もある。日本思想大系『近世武家思想』はこの本を底本とする。

〔丁〕　絵入版

版元不明。本文は前半のみで、途中二箇所に、見開きの挿絵が入っている本である。甲本を被せ彫りしたものであるが、丙版の四丁分の版とは無関係である。

以上が所見異版四種の概要である。うち前三者は、甲→乙→丙、の順序で成ったものであるが、丁版がいつ出来たかは、右のみでは定かにしがたい。後述するが、享保六年ごろでまわったという海賊版かと思われる。これらの版本は、先の『兼山秘策』の記事と照合することによって、その成立の経緯がかなり明確になる。

書簡①にある「蔵人殿」とは青地兼山(あおちけんざん)、加賀藩儒にして該書簡受取人のひとりである。「御前」はもちろん、将軍徳川吉宗(とくがわよしむね)公である。兼山が鳩巣の息子七十郎に「御土産」として贈ったところの「明君家訓」は正徳五年の初刷かと思われるが、書簡の文面からすれば、兼山は『明君家訓』の作者が師鳩巣であることを知らなかったらしい。これが享保六年に至って「殊の外はやり」だした。それが甲本にあたる。その流行に乗じて「当地草紙屋に重板仕者」がでてくる。この「重板」本が、甲を被せ彫りした丁本であろうと考えられる。というのは、鳩巣は「書物屋」と「草紙屋」とを厳密に区別しており、『明君家訓』のごときは、「書物屋方へ度々取に参候」とあるように、本来、「書物屋」で扱うべき性格のものである。丁版のごとき、絵入りでしかも版元名を明らかにしないのは、まさに「草紙屋」の為業にふさわしいというべきである。

さて、「茨城多左衛門手代」が鳩巣のところにやって来て、つぎのような相談をもちかける。――この海賊版は「書物屋の法」によって「板を毀（やぶ）らせ」たが、この本がこのように扱われるのは、作者の名がないからである。『明君家訓』が鳩巣先生の著作と承ったので、その由の奥書を書いてもらいたい。また、序文のないのもいかがかと思うので、それもお願いしたい。――そこで、鳩巣は依頼にこたえて奥書と序文を草し、書名ももとの「楠諸士教」に復して版行し直すことにした。

半月後の書簡②では、『明君家訓』の流行ぶりが詳しく述べられていて、内容的には書簡①と変わりはない。その改訂版の準備は順調に進んでいるらしい。ところが、思わぬ障碍が待ちうけていた。同年七月に発せられた、例の出版統制令である。

書物草紙之類、是又新規に仕立候儀無用。但不叶事候はゞ、奉行所ゑ相伺候上可申付候。尤当分之儀早速一枚絵等に令板行、商売可為無用候。　（御触書寛保集成による）

書簡③の文面には、この御触（ふれ）が敏感に影響している。

当初、改訂版を出すにあたって、初版本で省かれていた「火葬の一段」を復活させ、「すきと原本の通に罷成申候」ようにと目論（もくろ）んだのである。鳩巣は、自分の名前を顕すのを機に、もとの書名「楠諸士教」に改め、序文・跋語を加え、さらに「少宛相違の処は埋木を致し改」め、初版で削られていた「火葬の一段」を付け加えることにしたのである。

そこへ、先の出版令である。鳩巣と版元が考えていた『明君家訓』への手当ては、「新規に仕立候儀無用」という法規に抵触する。が、それでも、「奉行所ゑ相伺」えば許されたものを、版元がうっかりそれをしなかった。したがって、書名や序跋などの目立ったところには手をつけず、「少宛旧板を改」めて出した、それが乙版であった。なにしろ鳩巣、改革政治の当事者であるから、政策には身をもって挺するのであるが、しかし、そこは当事者同士の気脈も通じやすく、御側用人有馬兵庫頭のとりなしで、「さしたる御咎」はなくなった。

結局、鳩巣や版元の望んだ「原本の通」りの本は出せなかった。が、丙本のごとき、内題のみもとに復した本が出た。しかし、これは、作者鳩巣とは関係がない。なぜなら、前に述べたように、一丁〜四丁が被せ彫りなのであるが、被せるに事欠いて修正前の甲本を使っているのであるから。

附記

本稿は、日本近世文学会の機関誌に発表した論考にさかのぼる。それをすこし改稿して第一論文集『江戸時代学芸史論考』に収めた。が、雑誌も論文集も井沢蟠龍の著作考証と銘打ったなかの一節であったため、肝腎のオリジナル論文が鳩巣研究史に位置づけられない、かといって蟠龍研究の場でも居心地がよろしくない、という感覚ながいあいだわたしのなかで蟠(わだかま)っていた。機会があれば、『明君家訓』版本考証として独立させたいという思いがずっとあり、今回ようやくそれを果たすことになった。

第三部　伝説考証の読み方――『広益俗説弁』の世界

八章　巨木伝説考証近世篇――熊楠稿「巨樹の翁の話」追跡

南方熊楠の「巨樹の翁の話」（南方熊楠全集第二巻所収）は、古今東西の文献・伝承を広く採訪した、巨木伝説に関する研究の白眉である。ただ、博捜を第一としたその叙述は、読みやすく整理された文章とはいいがたい。本稿は、熊楠の採取した材料にみちびかれて、江戸時代における古代巨木の考証を、その学芸史的背景に絡めて叙述してみようとするものである。

一　俗説、栗の巨木の祟りの話

正徳五年（一七一五）から享保十二年（一七二七）にかけて刊行された『広益俗説弁』初編・後編・遺編・附編・残編（全四十五巻、井沢蟠龍著）は、世間に流布して婦女童蒙を惑わせている俗説を弁駁したものである。弁駁するに和漢の諸文献による考証をもってし、享保改革の庶民教化策の流れに乗じて、大いに読書界に迎えられた（『江戸時代学芸史論考』「井沢蟠龍著述覚書」参照）。

その初編巻五に、景行天皇が近江国にある栗の巨木の祟りで病気になり、その木を切り倒して平癒したという俗説がとりあげられる。

景行天皇に栗樹たゝりをなす説

俗説云、景行天皇六十年十月、帝、御脳まし〱ければ、諸社にをひていのらしめらるゝに、あへて其しるしなし。かゝるところに、いづくよりともしらず、一覚といふ卜者来りていはく、「近江国に栗樹あり。此木、帝にたゝりをなすが故なり。此木をきらしめられば、御脳御平癒あるべし」と奏せしによつて、彼木をきらしめらるゝに、毎夜、きるところの木もとのごとくにいえて、つくることとなし。此故に、一覚を召て尋らるゝに、覚がいはく、「此きる所の木屑を毎日やくべし。さあらば、此木たちまちにたをるべし。我はかの木に敵対する葛なり。数年威をあらそふ故にこれを奏す」と云終つてうせたり。其ことばのごとく、屑を焼こと七十余日に及て木倒る。此木のえだ九里四方、木の大さ数丈なり。是より、帝の御脳平癒まします。彼木の有し郡を栗本郡と号す。今にいたるまで、地中より腐たる木葉をほり出す。これを所にては宿藻と云。

ときは景行天皇の六十年、天皇が病にかかり諸神社で祈禱をさせたが、いっこうに効験がなかった。そこに一覚と名のる占い師があらわれ、帝の病は近江国にある栗の木の祟りである、その木を切らなければならない、と言った。

さっそく木を切らせたが、毎夜、その切ったところがもとに戻ってしまう。そこで、一覚を召して尋ねると、

「切った木屑を毎日、焼かねばならない。そうすれば、この木は倒れるだろう」と言い、自分はそ

の木に敵対している葛の精だと告げた。その言葉に従って、切った木屑を焼くこと七十余日、栗の木は倒れ、天皇は平癒した。

この栗の木は、枝が九里四方（古代の単位なら約六キロ、中世以降の単位なら約三十五キロ）に繁茂し、その幹の太さは数丈（一丈は約三メートル）あったという。この地を「栗本郡」といい、現在でも地中から朽ちた木の葉が出る。それを土地の人たちは「すくも」という。

二　俗説を考証する

ところで、『広益俗説弁』初編を出版するより以前に、蟠龍はすでに、『本朝俗説弁』『続俗説弁』『新俗説弁』という著述を執筆・出版していた（一七〇六～一〇）。『広益俗説弁』の初編は、これら三種の「俗説弁」に増補改訂の筆を加え、また新しい項目を足したものであった。

「景行天皇に栗樹たゝりをなす説」は、『新俗説弁』巻二に収められている。右の俗説の本文は、ほぼ等しいのであるが、俗説の考証批判部分に、『広益俗説弁』で大きな改訂がおこなわれた。左にそれを掲げる。

まず、『新俗説弁』において、

今按るに、此説、『旧事紀』『古事記』『日本紀』其余の諸実録に曾て見へず。其偽、明なり。思ふに、『日本紀』に「景行帝御宇、筑後国御木に僵樹あり。長さ九百七十丈」と有。『筑後風土記』にも「倲木一株生二於郡家南一。其高九百七十丈。朝日之影蔽（かくシ）二肥前国藤津郡多良之峰一、暮日之影蔽（かくス）二肥後国山鹿郡荒爪之山一。因曰二御木（みけ）国一」と有〔これをもつて思へば、近江にも大木はありたるならん〕。『玄中記（げんちゅうき）』に、「秦始皇のとき、終南山に梓樹（あづさのき）あり。大さ数十囲。宮中をかくす。始皇、これをにくんできらしむるに、忽（たちまち）大風雨おこりて、沙石をとばす。これによつて、人皆おそれてにげはしる。夜にいたりて、きりたる所癒（いえ）あへり。然るに、ある者、風雨にあてられ病おこりて、にぐる事あたはず。其木のもとに宿せしに、夜更て、いづくより共しらず、鬼（き）来て、樹にむかひいはく、「秦王、凶暴にして汝をきらしむ。くるしかるべし」と。樹こたへて、「人来れば、風雨をおこしてこれをうつ。なんぞうれへるにたらむや」と云。鬼また問、「秦王もし三百人をつかはし、頭に赤糸（しやくし）を被（かつが）せてきらしめば、いかん」といふ。樹、こたふることなし。木のもとにふし居たる者、此問答を聞、かへりて秦王に奏しければ、則、其ことばにまかせきらしむるに、樹たえて倒る」とあり〔尤妄誕なり〕。是等の説によつて妄作したる物なるべし。

つぎに、『広益俗説弁』において、

今按るに、此説、『日本紀』『旧事紀』『古事記』其余の諸実録にかつて見えず。思ふに、『今昔物語（いまはむかし）』に、「近江国栗太郡に大なる柞樹（はゝそのき・かしのき）有。此囲、五百尋（ひろ）なり。たかく枝しげれり。其蔭、朝には丹波の国をおほひ、夕には伊勢国をおほふ。地震にも動かず、大風にもたはまず。此故に、其国の志賀・栗太・甲賀三郡の土民、此木によつて日あたらず、田畠（でんばた）を作ることなし。其郡々の者、これをうれへて帝に奏す〔此帝未レ知〕。帝、掃守宿祢（かもりのすくね）を遣して此木を伐たをさせらるゝ。それより田畠、豊饒(ぶねう)なり」とあり〔右改二正旧文一〕。『玄中記』に、「秦始皇のとき、終南山に梓樹(あづさのき)あり。大さ数十囲。宮中を蔭(かく)す。始皇、にくんできらしむるに、忽(たちまち)大風雨おこり、砂石をとばす。これによりて、人皆おそれて逃はしる。夜にいたりて、きりたる所癒あへり。然るに、ある者、風雨にあてられ病おこりて、にぐることあたはず。其木のもとに宿せしに、夜ふけて、いづくよりともしらず、鬼来て、樹に向て云く、「秦皇、凶暴にして汝をきらしむ。苦しかるべし」と。樹こたへて、「人来れば、風雨をおこしてこれをうつ。なんぞ憂ふるにたらんや」と。鬼また問、「秦王もし三百人を遣し、頭に赤糸をかぶらせてきらしめば、いかん」といふ。樹、答ふることなし。木のもとにふし居たる者、此問答を聞、帰りて秦王に奏しければ、則、其ことばにまかせきらしむるに、樹たへで倒る」とあり。此両説をとりあはせて妄作したるものなり。〔此段訂補〕

俗説は二つの説話をとりあわせた「妄作」だというのだが、右に見るように、その二つの説話のうちのひとつが、『新俗説弁』と『広益俗説弁』とで入れ替わっている。

『新俗説弁』に引いた『日本書紀』と『筑後風土記』の記事は、同一の木を指しているが、俗説にあるような、巨木が天皇に祟りをなしたとか、その祟りを解くために切ったり焼いたりするとかいった筋書きはない。ただ単に、「長さ九百七十丈」に達する巨木が「筑後国御木（現在の三池(みいけ)）」にあったという話で、したがって、「これをもつて思へば、近江にも大木はありたるならん」としか著者は注記できなかった。近江国にまつわる俗説を説明するには、いささか薄弱な文献資料であった。

その後、著者蟠龍は、近江にも巨木伝説が確かにあって、しかも右の考証に使うのにぴったりの文献資料を見つけた。そして、それを五年後に出版した『広益俗説弁』で差し替えたのである。その資料とは『今昔物語集』、こんにち普通に見られる活字本では巻三十一「近江国栗太郡大柞語」である。いま、普通に見られる活字本、といったのには、江戸時代においては、現在われわれが容易に手にするテキストでは読まれていなかったという含みがある。

三　前近代の『今昔物語集』

説話文学の研究者には常識であるが、『宇治拾遺物語』や『十訓抄』『古今著聞集』のごときは、中世においてよく読まれた形跡があり、近世になっていちはやく印刷出版された。だが、こんにち説話文学の偉観とされている『今昔物語集』については、江戸時代にいたるまで、その流布状況がきわめて限定されていた。その状況を打破したのが、じつは、井沢蟠龍であった。蟠龍の『考訂今昔物語』前編十五巻・後編十五巻が出版されるにおよんで（享保六年〈一七二一〉～同十八年刊）、一般にもようやく読まれるようになった。まず本朝部を刊行。天竺部・震旦部は追ってこれを版行する旨、その凡例に予告するが、残念ながら、実現しなかった。

近代国文学の今昔物語研究においては、しかし、蟠龍の手になるこのテキストは、「杜撰」のひとことでもって、ながく顧みられることがなかった。凡例によれば、転写のあいだに生じた意味不通の箇所があれば「旧記・実録を援てこれを正し」という。だが、実際は恣意的な本文の改竄であって、そうなると、近代国文学の本文批判の思想とは相入れない。人物の出自の誤謬や別人を同一人とする誤り（またその逆）があったときは「各系図・実録を引てこれを訂す」にいたっては、なにをかいわんや、ということになる。また、「著聞集・宇治拾遺・十訓抄等に出たるをば、皆略して記せず」とし、説話を分類してその配列を勝手に並び替えているのも、学問的態度とはいえない。『今昔物語集』の学問的研究は、江戸時代も後期にならないとおこらず、それとてほかの古典文学の研究の厚みとくらべれば微々たるもので、本格的には、大正期の芳賀矢一『攷証今昔物語集』を待たねばならなかった、というのである。

だが、そういう発想の議論は、読まれるためにあるのが文学だという、文学の大事な側面、というより本質を欠落させる。『今昔物語集』にのる話は面白く、一般読者にたのしんで読まれると考えれば、まず商品として出版ベースにのせるのが正常な感覚というものである。そうであるなら、意味のとおるように読みやすく本文を改めることは許される。歴史事実にあわないところは正しく直す、これはむしろ良心的だと言ったら、強弁に過ぎるだろうか。ほかの説話集で馴染みの話を、馴染みゆえに捨てるのか、馴染みだからこそ採用するのか、それは営業レベルの話であって、おのずから学問の次元とは問題が違う。

校訂者蟠龍や出版者柳枝軒が、『考訂今昔物語』出版を学術的事業だと考えていたかどうかはわからない。わたしは、そんなことは考えていなかったと思いたい。学術書だと考えていたのなら、採算は二の次である。だが、わたしが出版者で、読みやすい本文に改めて売れるものなら、まず読み物として売る。先にも述べたように、『今昔物語集』は、当時の読書界ではほとんど新発見の説話集といってよかった。われわれ国文学者がよろこぶ「新資料」というやつであるが、新資料出版に学問的な厳密さを要求するのは、現代の学者の狭量な思い込み、わがままにすぎない。『今昔物語集』は発見されたばかりであって、学問の対象となる前に、まずそれが広く読まれる環境にあった。研究者より読者のほうが数が多い、それが文学作品の健全な扱われ方というものであろう。

というふうに考えるなら、『考訂今昔物語』における校訂方針は、それが当時の読書界の要望にこたえていると言うべく、われわれはこれを享保期の現代読み物として位置づけなければならない。わたしが一九八九年に『広益俗説弁』(東洋文庫)を刊行、それと前後して、稲垣泰一によって詳細な解説を付した『考訂今昔物語』の影印が刊行された(新典社、一九九〇年)。以後、今昔物語受容史という視点からの研究が活発化したように思われる。

・上田設夫「考訂今昔物語の世界――井沢蟠龍の説話享受をめぐって」(『国語国文』六十巻十二号、一九九一年十二月)
・稲垣泰一「『今昔物語集』の流布と享受――室町時代から江戸時代中期まで」(『文芸言語研究(文芸篇)』二十二号、一九九二年九月)
・稲垣泰一「『今昔物語集』説話の享受の様相――井沢長秀考訂『今昔物語』を通して」(『表現学論考』三号、一九九三年一月)

・加藤裕一郎「『考訂今昔物語』と今昔物語集」（『中央大学国文』三十七号、一九九四年三月）
・加藤裕一郎「井沢蟠龍における今昔物語集の受容」（『中央大学国文』三十八号、一九九五年三月）
・千本英史「近世の今昔物語集発見――国学者と出版」（『今昔物語集を読む』二〇〇八年十二月）

四　説話集に見る巨木伝説

近世における『今昔物語集』の位置づけの議論にいささか筆を費やしすぎたかの感があるが、ようするに、蟠龍が『考訂今昔物語』を刊行するまでは、『今昔物語集』の本文が一般の目に触れることはほとんどなかったのである。そして、今日われわれが数種の古典叢書で手にする『今昔物語集』の本文は、いわゆる鈴鹿本系（すずかぼん）といわれるものであり、そのテキストの研究は近世後期の伴信友（ばんのぶとも）らから始まった。『今昔物語集』写本の伝存状況からして、『考訂今昔物語』もおそらくは鈴鹿本系写本の一本を底本にしていると思われる。だが、蟠龍はみずからの基準をもって「世俗伝・怪異伝・悪行伝・宿報伝・仏法伝・雑事伝」と説話を分類しており、ために、その配列は原本と著しく異なっている。現在容易に手にするテキストでは読まれていなかったというのは、そういうことである。

それでは、蟠龍はいつごろ『今昔物語集』の本文を手にしたか。前掲加藤の考証によれば、蟠龍が『今昔物語集』を初めて引用するのは、『新俗説弁』（宝永七年〈一七一〇〉刊）である。したがって、宝永六年ごろにはそれを入手していたと考えられるが、栗の大木の話にぴったりの説話の存在に気づいていないように、いまだ十分には読み込んでいなかった。『広益俗説弁』初編（正徳五年刊）に至って、『今昔物語集』をもって積極的に改稿している箇所が頻出する。この間、蟠龍は、『広益俗説弁』出版にあわせるべく、『今昔物語集』を読んだのである。それがやがて、『考訂今昔物語』として結実するのであった。

蟠龍が『広益俗説弁』で差し替えた『今昔物語集』の話は、今日のテキストでは最終巻（巻三十一）のそのまた最後に位置する「近江国栗太郡大柞語」である。左にその全文を『考訂今昔物語』から引用する。この蟠龍校訂版では前編巻十四（「怪異伝」）にある。

> 今はむかし、近江国栗本郡に、大なる柞樹あり。其囲、五百尋なり。木の高さ枝のはびこれる、思ひやるべし。そのかげ、朝には丹波国をおほひ、夕には伊勢国をおほふ。霹靂（へきれき）にもうごかず、大風にもたはまず。しかる間、其国の志賀〔一作滋賀〕・栗本・甲賀三郡の百姓、この木の蔭おほふて日あたらざるゆへに、田畠をつくり得る事なし。これによつて其郡々の百姓等、天皇に此由を奏す。天皇、則掃守宿祢等をつかはしける。百姓が申すにしたがふて、此樹を伐たをしけり。この木を伐て後、百姓田畠をつくるに、豊饒なることを得たり。彼奏したる百姓が子孫、今に其郡々にあり。むかしはかゝる大なる木ありけり。是、希有の事也となんかたり伝えたるとなり。

この説話から派生したと思われる伝説では、『広益俗説弁』俗説部分のように、「柞樹」が多く栗の木となっている。「柞」は、普通にはハハソと訓ずるが、『広益俗説弁』が引用する『今昔物語集』

で「かしのき」とも訓ませているように、古辞書類ではシヒ・ナラ・ユシ・カシなどさまざまに訓まれ、『箋注和名類聚抄』には櫟（くぬぎ）のこととする。いずれもブナ科の樹木でよく似ており、「柞（ははそ）」がそれらの総称としても使われるのだから、おなじ科の栗の木に変わったとしても、さして不自然ではない。この話がやがて「栗本（太）郡」の地名起源説話となるなら、むしろ自然な変化であるといえよう。

『今昔物語集』と漢籍『玄中記』の両説話でもって、『広益俗説弁』に引かれた俗説が生まれたのだという蟠龍の説明は、おおかたこれで納得される。

ちなみに、『今昔物語集』の話に地名起源説話的色彩が付加されたのが、『三国伝記』（十五世紀成立）に載る左の説話である。

和云、近江国栗太ノ郡ト申スハ、栗ノ木一本ノ下ナリケリ。枝葉繁栄シテ、梢天ニ覆ヘリ。秋風西ヨリ吹時ハ、伊勢ノ国マデ菓落ツ。七栗ト云所ハ其ノ故也。又此木ノ隠、遥ニ若狭ノ国ニ移ル間、田畠作毛ノ不熟ニ因テ、彼ノ国ノ訴訟有テ此ノ樹ヲ切ル。此木ハ天竺栴檀ノ種ヨリ生ジタル故ニ、西木ト書リ。釿鈇ヲ持シテ彼ノ木ヲ截レドモ、切リ口チ夜ハ癒合ケリ。然ル間ダ、自国他国輩ラ奇異ノ思ヲ成テ杣人ヲ集メ、毎日ニ是ヲ切レドモ、連夜元トノ樹ト成。其ノ故ヘハ、此ノ栗ノ木ハ樹木ノ中ノ王タルニ依テ、諸ノ草木夜ルヨル訪イ来テ樾ヲ取テ合セ付ケケル故ナリ。秋来レバ一葉落テ、春至テ百花開ク、ナドカハ心ノナカルベキ。爰ニ一草䕲ト云物訪ヒニ来ル由ヲ云ケレバ、「草木ノ数トモ思ハヌ物ノ推参スル事奇怪ナリ」トテ追イ返シケリ。仍テ此ノ蘰腹ヲ立テ、「同ジ国土ニ栖ミナガラ侮ラレケルコソ口惜ケレ」ト瞋、人々ノ夢ニ示シケルハ、「此大木ヲ切リ顛シ給フベキナラバ、樵火ニタキ給ヘ。不然バ、千草万木夜々切目ヲ合テ差故ニ、此ノ木顛倒スル事アルマジ」ト語ル。諸人相イ談話シテ教ノ如クスルニ、無程此ノ木倒レニケリ。其ノ梢ヘ湖水ノ汀ニ到ル。今ノ木浜（コノハマ）ト云所也。アナドル蘰ニ倒レスルトハ、此ノ謂レナルベシ。

（巻三「江州栗太郡事」）

五　俗説にも典拠あり

蟠龍は俗説については、「俗説云」とするだけで、典拠は示さない。わたしは『広益俗説弁』を校訂する過程において、この俗説部分には、蟠龍の創作が混在しているのではないかと考えたことがある。むろん、すべてがそうだというのではない。「今按るに」以下で展開する考証弁駁のための、予定調和的な作り話もあるのではないか、と疑った。それは、出来すぎた話があるからである。たとえば、初編巻十四に、

俗説云、一条院の御とき、ある日、雪ふりけるに、紫式部に、「香爐峰（こうろほう）の雪はいかに」とありければ、式部、すゝみよりてすだれをまきあげたりといふ。

とあって、「今按るに」として、『枕草子（まくらのそうし）』の本文を示し、紫式部（むらさきしきぶ）は清少納言（せいしょうなごん）の間違いであるという。

これなどちょっと出来すぎていて、『枕草子』のエピソードを出したいがために、俗説をでっち上

げたかと思わせるところがある。だが、紫式部が簾を捲き上げたという記述が『和漢三才図会』（正徳二年成立）や『国花万葉記』（元禄十年刊）などにあるのを知って、これら俗説がまんざら、蟠龍の頭のなかで適当につくられたものでないと知った。

かつて某大学の演習で『広益俗説弁』を使い、学生に担当部分の俗説の典拠捜しを課したところ、十数篇の俗説について、典拠と判断される文献資料が確認された。そして、学生の捜しきれなかったものについても、いま一歩精査すれば、それが見つかるであろうという感触を得た。

したがって、「景行天皇に栗樹たゝりをなす」という俗説も、熊楠翁のたすけを借りながら、難なく捜しだすことができた。すでに翁の「巨樹の翁の話」で触れられている。

『佐々木家記』という文献資料によれば、この地を領する佐々木（六角）義賢のもとに、武佐（現在の滋賀県近江八幡市）から黒く朽ちた木の葉の塊が献上された。その地の地中のあちこちから出土するという。義賢が「国の旧き日記」を閲するに、つぎのような記録があった。

景行天皇六十年十月、帝甚有二悩事一。依レ之諸天祈二病悩一、終无二其験一。是一覚云有二占者一。命レ彼。一覚曰、「当国東有二大木一。此木甚帝有レ敵。早此木被二退治一者、帝病悩令二平治一云々」。依レ之此木伐。毎夜伐所木如レ本成、終无レ尽。然而彼覚召而問、「所レ伐木屑毎日焼レ之、果尽」云。「我者彼木敵対葛。数年争レ威久。其志帝差向云」。即時如二搔消一失。彼如レ言、行焼二木屑一及二毎日一、終七十余日彼木倒。此木枝葉九里四方盛。木太数百丈。依レ之帝病悩平治。即彼木有郡号二栗本郡一。栗木実不レ実云々。

これこそ、『広益俗説弁』の俗説部分にぴったりであり、蟠龍は右の漢文をほとんどそのまま書き下したごときである。

熊楠翁は、この資料を、栗田寛(くりたひろし)の『古風土記逸文考証(こふどきいつぶんこうしょう)』巻七「三毛郡」に引用されているものから採取する。栗田引用の『佐々木家記』は、いま学界では伝存不明であるらしく、以後、巨木伝説を注釈するさいにこの文献に触れる場合は、栗田寛から孫引きする以外に手がない。しかも、右の漢文になる巨木伝説は、その『佐々木家記』に引かれる「国の旧き日記」であるから、われわれは孫引きの孫引きをしていることになる。

『佐々木家記』を実見した人は、栗田のほかにもうひとりいる。地理学者の吉田東伍(よしだとうご)で、かれはその著『大日本地名辞書』の「蒲生郡武佐」の項に、やはり栗田とおなじ箇所を引用する。栗田の引用が「国の旧き日記」の「栗木実不実云々」で終わっているのに対し、吉田は、そのあと、「されば野須・蒲生・坂田何れの郡にもあり、今も国人つくも(ママ)と名づけて之を掘て用ふ」まで引用する。これによって、『広益俗説弁』の「今にいたるまで、地中より腐たる木葉をほり出す。これを所にては宿藻と云」まですべて、『佐々木家記』の文章であったことが確認され、蟠龍もまたそれを実見した数少ないひとりであった。

六　知的遊戯としての考証

蟠龍が「俗説」の非なることを批判弁駁するためにとった方法は、内外の文献資料を駆使して考証するというものであった。そこでは、文献は絶対的に信頼されるべきであり、文献に書かれてあることが知識として認識できる確かな事実である、という信念が存している。そのあらわれが、考証部分においていちいち文献名を明記することであり、巻末の引用書目に掲げられる夥しい和漢のそれら文献である。そのうえに立っておこなわれる考証は、朱子学的格物致知の思想をまさに実践する行為であるとともに、文献学的考証主義の神典解釈が要求されはじめた神道思想界とのつながりもあった。そしてそこには、古学（国学）という学問の萌芽を見ることも可能である。

だが、じつは、前節にみるように、批判弁駁される「俗説」も、じつは文献に記されている。蟠龍が婦女童蒙を惑わせる「虚説」「妄誕」だとする俗説もまた、まぎれもない「事実」であることになる。先の『三国伝記』も、ほかの箇所で考証のための引用文献として使われ、巻末に堂々と掲げられている。資料としての価値を否定しておいて、いっぽうでそれを考証資料として使うという、明らかな自己矛盾におちいっている。近代的考証学としては未だしの感がある。

しかし、そういった見方も、先の『考訂今昔物語』と同様に、近代（現代）国文学からのないものねだりということになろう。

江戸時代に入って、知識を満載した書物がさかんに出現する。それらは単に知識を羅列するだけではものたらず、やがて蓄積された知識による事物の考証へと進む。実事求是を旨とするのが学問であるなら、じつはここまででいい。あとはその考証を精密緻密にしてゆけばいいのである。

いっぽう、考証という方法を使って、世間に流布する俗説・謬説をかたっぱしから覆してゆく。この行為は、学問というよりも、むしろ知的〈遊戯〉である。所詮は遊戯なのであって、そこに資料批判の甘さや考証手続きの未熟さをあげつらってみても、無意味というしかない。そして、その遊戯性こそが『広益俗説弁』を、読み物として読まれるべく保証しているのである。学術書ではなく、『考訂今昔物語』と同様、読み物と見なすべきであろう。

七　巨木伝説とその遺物――読み物から学問へ

「古学（国学）」と呼ばれる古代学がおこるのは、蟠龍以降のことである。古代学の近代化を実現した古学では、あらゆる古代の事物が学問・研究の対象となる。本邦巨木伝説も例外ではない。

古代中国には、東の海に浮かぶ島に扶桑と呼ばれる巨木があって、天鶏が巣をつくり太陽がこの木から昇るという伝説がある。「長数十丈、大千囲」の「扶桑樹」が「東海日出処」に産する（『本草綱目』『十洲記』など）。やがて、中国から見て東方の島、この日本が「扶桑（国）」と呼ばれるようになった。そして、わが国の伝説にある巨木が、じつは漢籍にみえるこの扶桑の木なのだという説が出現する。

蟠龍の著述活動から約半世紀のちの天明二年（一七八二）、京都で開業医をいとなんでいた橘南谿が長崎遊学の旅にでる。

長崎では安祥寺の多門院に寄宿していた。その院には、明月（法諱明逸。伊予松山の円光寺住職）という僧侶がやはり泊まっていて、長崎滞在中、南谿は親しく交わった。その僧は、内典はもちろん外典にも詳しく、さらに詩文章もよくする博学であった。

あるとき、明月はひとつの袋のなかから、黒い木片をとりだして言った。

「これは、わが日本の古代にあった扶桑の木が朽ちて残ったものである。わが故郷、伊予国に生えていたのだが、数千年も前のことなので、だれも知ることがなかった。が、最近、山や海からこの木の埋もれ木を掘り出して、もてはやすようになった。いたって珍しく、中華の書にも見えているので、はるばる長崎まで持ちきたった。中国に送る便でもあればと思ったからである。そのために、この木に添える伝を書いた」

明月はそう言って、南谿に扶桑樹の木片と漢文の伝を示した。木は色が黒く漆をぬったようで、黒檀に木理があるようであった。南谿は、音にのみ聞いていた扶桑を見て感激した。そして、京都への帰路、四国に渡り、扶桑樹の生えていたという古跡を訪ねた。伊予郡・喜多郡にまたがって根がはびこり、朽ち木があちこちから出土するといい、南谿もいくつかを京への土産に求め得た。そして、左の「扶桑木略記」なる文章を草して添え、友人の百井塘雨に贈った。

此色黒き木のきれは扶桑樹なり。千早振神代の御時、今の伊予の国に大木ありて、梢は大空を払ひ、根は海山にまたがれり。是がゆへに日出る頃は筑紫の国も覆ひ、入る時は陸奥のはてまでもかげろひて、年のみのりを妨しかば、国民歎きにくみて集り、切しかど、限りなく大なれば、とみにも切りはたさず、日ふるまには癒あひて、其事ならざりしかば、つゐに火もて焼からして後ぞ切たほしぬ。其後幾千とせへて、人のしろしめす御代になり、景行の帝、肥後の熊襲御征伐の御時、此国の温泉たづねさせ給ひて、豊後へ渡らせ給ふに、猶、扶桑の朽木海上二、三十里が程に跨り倒れたり。官軍、皆、此木の上をあゆみて、船せずして筑紫の地に渡り付給ひぬ。其後の事は書も伝へず。此頃古き事好める人出来て、其跡尋しに、木の有しといふあたりを掘穿てば、其根、猶、朽残りて、そこゝより取出しぬ。又、跨りありしといふ海の底に網を下して探れば、潮にされ、貝など付たるを数多く引あげぬ。いろ〱の器に造りなして、皆人のもてはやせるをこひ得て帰りての後の日、我にひとしき心の友にわかち贈るとて、彼国にて聞しむかし語り書そふるなり。

（『西遊記』続編巻一による）

「扶桑」は、ふるくから日本人の目にしていた漢語であった。この漢語が日本の文献にある巨木をさしているという説が、いつのころからか唱えられるようになった。そして、発掘品をさして「これが扶桑樹の実物だ」と言ったのは、おそらくこの伊予国の明月が最初であろう。南谿に見せたという漢文伝は、のちに『扶桑樹伝』と題して出版された（寛政六年〈一七九四〉刊）。

八　「考古学」という学問の成立

漢籍に記載された日本関係の記事を比定・同定するという研究でもっとも日本人を魅了するのが、

いわゆる邪馬台国論争である。この一大問題は、松下見林の『異称日本伝』から始まった。この書の出版は元禄六年（一六九三）。日本史の史料に『魏志倭人伝』が使われた嚆矢であった。見林には、最初のまとまった古代天皇陵墓（山陵）の研究書『前王廟陵記』（元禄九年刊）もある。いずれも文献による考証であるが、その背景には、元禄前後からさかんになった考古学的遺物の発掘発見による刺激があったと思われる。

邪馬台国論争は史料解読に重きがおかれる研究であって、本格化するのは明治末期になってからである。いっぽう、天皇陵墓の研究は陵墓そのものが研究の対象となって、江戸期において、〈物〉を扱う今日の考古学という学問が成立する。

注目された古代遺〈物〉としては、陵墓より前に石碑があった。それが同時に文字資料をふくんでいるところから、歴史家の領分としてまず認知されたのである。はやくはすでに室町時代、多胡碑が連歌師宗長の『東路の津登』に初見する。江戸時代に入って、万治寛文ころに多賀城碑が発見され、延宝四年（一六七六）にはあいついで那須国造碑（栃木県大田原市）、養老元年碑（滋賀県大津市）が発見された。うち那須国造碑は、『大日本史』編纂を志していた徳川光圀の注目するところとなり、水戸藩によって顕彰された。元禄五年には、光圀が石碑周辺の古墳を発掘させている。

時代はとぶが、寛政年間になると、二件の興味ある古代碑が注目される。寛政三年（一七九一）四月、宇治橋（京都府宇治市）のたもとから碑石の断片が掘り出され、それが『帝王編年記』などにあるところの、大化二年（六四六）の宇治橋由来の記の碑文であることが確認された。そして、尾張の小林亮適・中村維禎・内田宣経・小川雅宜・吉田重英・釈亮恵らが中心となって、碑文の欠文を補い、古法帖などから集字して石碑を復元した（「宇治橋断碑」と呼ばれる）。

もうひとつの古代碑は、現在の奈良県五條市の宇智川の川床に露出した岩に刻まれた、いわゆる「宇智川磨崖碑」である。この碑がいつ発見されたかは不明であるが、寛政七、八年、水戸藩の立原翠軒がその碑の摸本を製作して頒布し、相前後して、松平定信が『集古十種』の素材蒐集のため、谷文晁に命じてこの碑を調査させている（以上、国立歴史民俗博物館編『古代の碑』〈一九九七年〉参照）。

宇治橋断碑の復元や宇智川磨崖碑の調査は、この当時、古代に対する関心と意識がきわめて高かったことをうかがわせ、幕初期以来の考古学的蓄積が熟していたことを物語る。

幕府が先の見林の天皇陵墓研究などにうながされて、山陵の探査と取締に着手するのが、元禄十年（一六九七）であった。このとき七十八陵を明らかにし、幕府の管理下において、山陵図を作成した（「元禄山陵図」）。陵墓の探査・管理・補修などの事業は、幕末まで幕府の手によっておこなわれ現在の宮内庁管理につながっている。民間でも、白尾国柱などの古代山陵の探索、それを受け継いだ蒲生君平（『山陵志』）によって、陵墓の学術的研究の水準はきわめて高いものになった。

陵墓以外の遺跡研究も、先の水戸藩の古墳発掘にみられるように、はやくからおこなわれていた。『筑前国続風土記拾遺』によれば、すでに元禄以前から考古学的発掘が福岡藩内でおこなわれていた記録があり、その遺物の摸写作業もさかんであったことがうかがえる。福岡藩のおこなった考古学的発掘といえば、はやくから、太宰府政庁とその周辺のそれがある。そんな学問的背景のあったところに、日本の古代史学を震撼させる大発見が福岡藩内であった。天明四年（一七八四）の、志賀島における「漢委奴国王印」いわゆる金印の発見である。この印の研究は、初め福岡藩の学者によっておこなわれた。村山止説『漢封金印記』、亀井南冥『金印弁』『金印弁或問』、細井三千代麿『金印考』、青柳種信『後漢金印略考』などがある。中国の文献、『後漢書東夷伝』にある「光武、賜ふに印綬を以てす」と結びつけられ、それがやがて日本中の儒学者・古学者によって「漢委奴国王印」考証がおこなわれる。

余談だが、こういったブームが捏造品をつくらせる。肥後熊本で檜垣嫗の自作の像だと称するものが出土したとか、難波の比売許曾神社の旧蹟から神像など十三点が発見されたとか、甲斐酒折宮の屋根から火揚命の像が出てきたなどといった遺物の贋作がでまわったのも、金印出土の前後、天明年間であった（拙著『古語の謎』〈中央公論新社、二〇一〇年〉参照）。先述した寛政年間の宇治橋断碑と宇智川磨崖碑への学問的な興味関心は、こういった時代の空気とまったく無関係ではない。

九　自然科学と文献史学の融合

先の橘南谿や明月らの「扶桑樹」への関心も、いにしえを憧憬するこれら古代学とおなじ基底にたっている。ただ、今日の学問分野をもってするなら、石碑や古墳や金印や邪馬台国論争との違いは、それが地質学に属するということである。漢籍にある日本関係の記事を比定・同定するといっても、いわゆる比較文化論の試みとはいえない。人類の遺した〈物〉を対象とする考古学とおなじ土俵にあるところが、学問として未分化なのであるが、それに気づいていたのが、平田篤胤であろう。篤胤は、その『大扶桑国考』のなかで、先の明月の著書に触れ、

己れも其の木を得て蔵ちたるに、其の質は石炭の如くにて堅実なるが、漆よりも黒く、木理は詳ならねど、実も桂木にやと思ふ質の無きにしも非ず。又質の然しも堅黒ならぬ所は、桜には非ざるかと思はるゝも多かり。

と、もっぱら化石を見る自然科学的な叙述に終始する。そして、この篤胤の視線を受け継いで自然科学と文献史学を融合した巨木伝説考証が、篤胤の後輩にあたる中島広足の『歴木弁』（天保六年〈一八三五〉序）である。

中島広足は肥後の古学者。あるとき、弟子の柳河藩士武藤陳亮から埋もれ木を贈られた。それは筑後国三池郡からまれに掘り出されるものであり、在所では、蟠龍が『新俗説弁』に引いた『日本書紀』と『筑後風土記』にでてくる、あの巨木の化石だとして珍重されていた。

○秋七月の辛卯の朔にして甲午に、筑紫後国の御木に到り、高田行宮に居します。時に僵れたる樹有り。長さ九百七十丈なり。百寮、其の樹を踏みて往来ふ。時人、歌して曰く、「朝霜の御木のさ小橋群臣い渡らすも御木のさ小橋」。爰に、天皇問ひて曰く、「是、何の樹ぞ」。一老夫有りて曰く、「是の樹は歴木なり。嘗て未だ僵れざる先に、朝日の暉に当りては、則ち杵島山を隠し、夕日の暉に当りては、亦阿蘇山を覆ひき」。天皇の曰く、「是の樹は神木なり。故、是

の国を御木国と号くべし」。

（『日本書紀』巻七・景行天皇十八年）

○公望の私記に曰く、案ずるに、筑後の国の風土記に云く、三毛の郡。云々。昔者、棟木一株、郡家の南に生ひたりき。其の高さは九百七十丈なり。朝日の影は肥前の国藤津の郡の多良の峯を蔽ひ、暮日の影は肥後の国山鹿の郡の荒爪の山を蔽ひき。云々。因りて御木の国と曰ひき。後の人、訛りて三毛と曰ひて、今は郡の名と為す。

（『逸文筑後国風土記』、釈日本紀巻十所収）

景行天皇の筑後国行幸の路次、「長さ九百七十丈（約三キロ）」の巨木が倒れていた。土地の老人はそれを「歴木」と呼んでいた。この「歴木」が和語の「くぬぎ」であることは、『和名抄』や『新撰字鏡』などの古辞書によって知られ、いまも三池郡の土中よりまれに掘り出され、現に武藤陳亮の持ってきたものがそれである。

ともに「三池」の地名起源説話であり、巨木の名や地名は相違しているが、同一の説話から派生したものである。『筑後国風土記』では時代が特定されていないが、『釈日本紀』の本文がそこを省略しているとも見られる。

この筑後国に生えていた巨木が漢籍にみえる「扶桑樹」のことであり、その木あるゆえにわが国を「扶桑国」というようになった、そういう説がかなり早くから唱えられていた。しかし、そんなことの確実な証拠もなく、「扶桑樹」の語もわが国の古文献には見えない。「歴木」イコール「扶桑樹」という謬説を弁駁せんために著したのが、この『歴木弁』一冊であった。

広足は以下のごとく言う。

「扶桑」という巨木が東方にあるという記述は、確かに中国の古文献（『山海経』『淮南子』『十洲記』など）にある。しかし、その東方が日本であるとは言っていない。それを『日本書紀』の景行天皇行幸のときの巨木と結びつけたのは、明月と橘南谿である。かれらは、巨木は伊予国にあったとする。確かに、伊予にも巨木はあったであろう。だが、それを記録した確実な文献がなく、ただ伝承によっているだけである。伝説というものは、えてして附会が多い。であるから、伊予の地から出たのが、具体的に何の木なのかはわからない。

しかも南谿は、巨木が伊予の地に生えていたとしたため、『日本書紀』の記事を、倒れたその巨木が伊予から豊後まで橋のように架かっていると解釈した。そのうえを通って、九州に渡ったのだと言っているが、これは『日本書紀』の景行天皇行幸の道順にあわない。

古代にそのような巨木の多かったことは、古書やあちこちの伝承にある。いまの世でも巨木は深山に入ればあるのだから、太古にそれらが多くあったとしてもおかしくない。それらの巨木のなかには桑の木もあったろうが、それが漢籍にいうところの「扶桑樹」であるかどうかは、確かな証拠はない。まして、景行紀の記事は、確かに「歴木」とあるのだから、桑の木でないことは明らかで、それを「扶桑樹」と結びつけるのは困ったことである。

九章　女流歌人伝説攷——檜垣嫗説話をめぐって

一　「檜垣遊女は白拍子のはじまりと云説」——本文と語釈

檜垣遊女は白拍子のはじまりと云説

俗説云、むかし、筑前の太宰府にかりに檜垣しつらひて住し白拍子、後にはおとろへて肥後の白川辺にすめり。其川のあたりを、藤原興範通りしとき、「水やある」とこひしに、水もて出てよめる、「年ふればわがくろかみも白川のみづわぐむまで老にげるかな」。興範、「さこはきゝおよびし檜垣にこそ。いにしへの白拍子、今一ふし」と望しかば、辞するかたなくして舞りり。

今按るに、太宰府に仮に檜垣しつらひて住故に名とすとは、非なり。檜垣とは、彼遊女が名なり。はじめ筑前にすみ、後肥後に来りしと云説は是なり。『家集』に、「清原元輔、肥後の任はてて京にのぼりしとき、首途の所に呼て、はじめ筑前の守なりしに、程もなく此国に来りて、ふたたびあひみつる」とあり。或は、怡土郡にものいひし府官が事を思ひ出て歌を読し事、見へたり。肥後飽田郡白川の辺、古は府中にて、淫肆もありて、檜垣・いなりなど云し遊女すめりと見えたり「いなりが事、『家集』に見えたり」。後に住し長谷といふ所、右の辺にあり。檜垣が、「心ばせすみかとならば君はさはこゝより外に行とところあらじ」とよみしなり。寺あり。泊瀬山長谷寺といふ。檜垣が「我黒かみも白川」とよみしほとりに、九品山蓮台寺といふ梵刹あり。其地内に檜垣が墓あり。石塔、文字あれども、消て見えず。又、檜垣が水を汲て詣し岩殿山観世音〔宝華山霊巌寺〕も、同郡にあり。此所に檜垣石・山下庵・薫桜あり。皆、遊女が旧跡なり。又、檜垣が「音にきくつゞみのたきをうち見ればたゞ山川のなるにぞ有げる」とよめる鼓滝も、霊巌寺の背のかたにあり。又、藤原興範は、『三代実録』を考るに、「仁和三年八月廿二日、掃部頭従五位下藤原興範為筑前守」。『大系図』に、「興範宇合五代孫因幡守正世子、弾正大弼正四位下参議太宰少弐」とあり。此興範、檜垣にあひて、古の白拍子なりしを知て舞を望むとは非なり。「白拍子は、鳥羽院の御宇、島千載・若前といふもの舞はじめたり」と『源平盛衰記』に見えたり〔『和漢合運』云「承久三年、島千載・若前舞始」と見えたり。『徒然草』には「磯禅師まひはじめたり」とあり〕。仁和年中より鳥羽院御宇までは二百二十余年なり〔但し、ひがき、時代の事に異説あり。詳に『檜垣家集冠注』に出せり。あわせ見るべし〕。これをもつて、俗説の相違を知べし。（『広益俗説弁』初編巻十四）

・白拍子……平安末期から鎌倉時代にかけて流行した歌舞。今様などを歌い、男装で舞った。専業者が女性にかぎられ、それを舞う女性を指してもいう。売色もしたという言い伝えから、後世、遊女のことを洒落ていうようにもなる。右俗説部分では、檜垣が遊女であるとは読めないが、「今按るに」以下の蟠龍弁駁では、周知の事実のような書き方になっている。

・白川……阿蘇に発し、現在の熊本市内を過ぎて有明海（ありあけかい）にそそぐ。

・藤原興範……延喜二年～七年、同十一年～十五年の二度にわたって太宰大弐職にあった。

・年ふればわが黒髪も白川の……歌意は、年を経たので、わたしの黒かった髪も白くなって、白川の水を汲むまで落ちぶれてしまった、瑞歯ぐむほどに老いてしまったのです。「みづわぐむ」は「瑞歯ぐむ」、年老いて歯が抜け落ちたあとにふたたび歯が生えてくること。めでたいことにもみっともないことにも言う。ここは、老いさらばえたことを嘆いた。『後撰集』雑三（巻十七）に所収される檜垣の代表歌。

・『家集』……「檜垣家集」。檜垣嫗（ひがきのおうな）ほか複数の九州の遊女たちの歌を集めたかという。

・清原元輔……九〇八～九九〇。歌人。肥後守。梨壺（なしつぼ）の五人のひとりとして『後撰集』を撰進した。

・肥後飽田郡……現在の熊本市の中心。肥後の国府址は、現在のJR熊本駅のあたり。

・九品山蓮台寺……熊本駅から鹿児島本線に沿って二キロほど南にくだって白川と交叉するあたりに蓮台寺という地名があり、同名の寺院がある。

・檜垣の墓……右の蓮台寺に現存する。檜垣の塔ともいう。ここが「わが黒髪も白川の」の歌を詠んだところであると伝えられ、土地の人はこの寺を檜垣寺と呼んだ。

・岩殿山観世音……岩戸（いわと）山。熊本城の西、金峰山の西麓にある。岩戸観音はここの洞窟内に安置してある。

・檜垣矼・山下庵・薫桜……いずれも岩戸山の奇勝。

・鼓滝……『檜垣家集』に「鼓の滝」という題で詠んだ「音に聞くつづみの滝をうちみればただ山川のなるにぞありける」（有名な鼓の滝を見あげると、ただ山から水が落ちてくるだけであった）である。ただし、この歌は『拾遺集』では、清原元輔が滝の見物に来たとき、異様な風体の法師が作った歌、となっている。

・『三代実録』……「日本三代実録」。六国史の第六番目。九〇一年成立。清和・陽成・光孝天皇の三代（八五八〜八八七）を編年体で叙述する。

・『大系図』……「尊卑分脈」のこと。源・平・藤・橘など諸氏の系図を集大成する。南北朝時代成立。

・『源平盛衰記』……鎌倉後期に成立した軍記物語。

・鳥羽院の時代……五歳で天皇即位（一一〇七年）、退位後も崩御（一一五六年）まで院政をしいた。崩御をきっかけに起こったのが保元の乱。

・『和漢合運』……円智著。『大日本帝王年代記』を増補した年表。正徳三年（一七一三）刊。

・『檜垣家集冠注』……井沢蟠龍の著書。宝永四年（一七〇七）の跋文がある。

二　俗説の典拠

「檜垣」は平安時代前期の歌人。生没年は未詳。小野小町と同様、伝説上の女流歌人である。檜垣が一般に知られるのは、世阿弥の作と伝えられる謡曲「檜垣」によってである。その筋書きはつぎのごときであった。

ひとりの僧侶が、三年前から、肥後国の岩戸山に住みついていた。霊験あらたかという岩戸の観世音にお籠りをして、この美景で人里離れているところが気に入って、以来ここに庵を結んでいた。ここに、百歳に近い老女が毎日、仏前に供える水を汲んでいた。僧はずっと気になっていたので、ある日、思い切ってその素姓を尋ねてみた。

「わたくしは老いやつれて見るかげもなく、露命きわまって、霜に朽ちてゆく木の葉のような身の上です。深い罪を軽くすることができるかと、世捨人（よすてびと）にめぐりあうために、こうして今日もまた、お水を汲んで参りました」

「老女のお身で、なんともおいたわしい」

「せめてこのようなことででも罪を逃れることができましたら、と思っております。わたくしが亡くなりましたら、跡を弔ってくださいませ。あしたまた参ります」

そう言って行こうとするのをとどめて、

「しばらくお待ちなさい。あなたのお名前は」

と尋ねた。女はこたえた。

「なにをかくそう、わたくしは、あの『後撰集』の、「年経ればわが黒髪も白川のみずはぐむまで老いにけるかな」という歌の作者です。むかし筑前の太宰府に、庵に檜垣を作りめぐらして住んでいた白拍子です。のちに落ちぶれてこの白川のあたりに住んでおります」

「そういえば、そんな話を聞いたことがあります。白川のあたりを藤原興範が通ったときに」

「はい、水はないかと所望なさったので、水を汲んで差し上げるとき、あの「みずはぐむまで」の歌を詠んだのです。その証拠をご覧なさろうというのなら、白川のほとりにいらっしゃって、わたくしの亡き跡をお弔いくださいませ」

　そう言いおえると、その老女は、夕暮れにまぎれて姿を消した。

「さては、いにしえの檜垣嫗が仮にあらわれて、わたしと言葉を交わしたのだ。これもまた末世における奇跡というものだ」

　僧侶はそう思いながら、白川のほとりに行った。どこからか、先ほどの老女の声が聞こえてきた。女はしきりに世の無常を観じて嘆いた。僧は女に、弔いをするから姿を見せるように言う。僧の慫慂で女は姿をあらわし、過去を回顧しはじめた。

「美貌をうたわれたわたくしが、こんなに老い衰えた。だれがあの檜垣だと知りましょう」

「おいたわしい。いまもこの世に執心があって水を汲み、輪廻の姿をお見せになっておいでですね。さあ早く成仏なさい」

「わたくしは、そのむかし、舞女として世に評判を得て、そのため罪業が深いゆえに、いまも三途の川で苦しみ、熱い鉄の桶をかつぎ、火の燃えさかる釣瓶をさげて、この水を汲んでおりました。その水が湯となってわたくしの体を焼くのですが、このごろはお僧にお目にかかって、釣瓶はあるけれども、燃えさかる火はありません」

「それでは、めぐる因果のこの水を汲んで、現世への執着をふり捨てて、早く成仏なさい」

「この釣瓶で水を汲んで、汲みほすなら、わたくしの罪も軽くなるのでしょうか」

　老女はそう言って、釣瓶で水を汲みはじめた。そして、盛りであったむかしを偲び、落魄の身を悲しみながらも、あの興範とのことを思い出を語るのであった。

「わたくしの盛りの時ももはや夢となってしまいました。若々しく、舞女のほまれも高く、あれほどまで美しかった顔、つややかな髪も、花のしおれるように衰え、新月のような形の眉も霜が降って白くなり、水に映るおもかげは老いてやつれて見えるだけ。緑したたる黒髪は、泥水のなかの藻屑や塵芥のようです。変わり果てたこの身のありさまは悲しいこと。まことに、時めいていたころを思い出せば懐かしいことです。この白川のほとりで、興範様が、「かのいにしえの白拍子よ、いまもう一曲」と所望されたのですが、「こんな粗末な衣服でどうして白拍子を舞えましょう。かつての白拍子のおもかげもありません」と辞退申しあげたのですが、興範様がしきりにおっしゃるので、あさましながら、麻の衣の袖の露をはらい、涙をぬぐって舞いはじめたのです」

　檜垣の霊はそう言いながら、僧の前でも舞を舞い、静かに僧にむかって手を合わせ、成仏を願って一曲を終わった。

　以上が謡曲「檜垣」のあらすじ。俗説はこれに拠っていること明らかである。

三　蟠龍の俗説弁駁

以下、蟠龍の弁駁を現代語訳すると――

檜垣をめぐらして住んでいたから名づけたというのは、間違いである。檜垣はその遊女のもともとの名前であった。

この女がはじめ筑前に住んでいてのちに肥後に移ったというのは、正しい。『檜垣家集』に、「清原元輔が肥後守の任を終えて都に帰るとき、門出の宴に呼ばれたことがある。元輔は以前、筑前守であったのだが、のちこの国（肥後）に来て再会した」とある。怡土（いと）郡（筑前国）で契りをかわした役人を思い詠んだ歌が、やはり『檜垣家集』にある。

肥後飽田郡白川のあたりは、いにしえは国府で、遊女屋もあって、檜垣や稲荷（いなり）という遊女がいたという（稲荷のことは『檜垣家集』にある）。檜垣がのちに住んだ長谷という地は、ここらあたりにある。ここで、「心ばせすみかとならば君はさはここよりほかに行くところあらじ」と詠んだ。寺があって、泊瀬山長谷寺という。

檜垣が「わが黒髪も白川云々」と詠んだあたりに、九品山蓮台寺という寺院があって、その地内に檜垣の墓がある。石塔に文字があるが、いまは消えて読めない。また、檜垣が水を汲んで参詣していたという岩殿山観世音も同郡にある。ほかにも、檜垣矼や山下庵・薫桜といった遊女の旧跡がある。檜垣が歌に詠んだ鼓滝も観世音の向こうがわにある。

ところで、藤原興範は、『三代実録』『大系図』によれば、仁和三年（八八七）に筑前守になっており、また太宰少弐であった。だから、この興範が檜垣に会って、白拍子舞を所望したというのは間違っている。なぜなら、『源平盛衰記』に、白拍子は鳥羽院の時代（十二世紀）に島千載と若前というものが舞ったのが最初だとある。『和漢合運』説は承久三年（一二二一）島千載・若前が起源、『徒然草』説では磯禅師を起源とする。仁和年中から鳥羽院の時代までは二百二十年あまりの隔たりがある（もっとも、檜垣については時代に異説がある。詳しくは『檜垣家集冠注』にあるので、参照してほしい）。これによって、俗説が間違っていることは明白。

四　謎の女流歌人に関する証言

十世紀の末ごろから、屏風に、水を汲む老女の図柄を描くことが流行った。屏風の絵の情景を見て詠んだ歌を屏風歌というが、たとえば、源重之（一〇〇〇年ごろ没）に「また御絵に、女、石井に水汲むとてさしのぞきて影見る／年を経てすめる泉の影見ればみずはくむまで老いぞしにける」、大江嘉言（一〇一〇年ごろ没）に「おきな水汲むところ／そこいなきいわいの清水君が代にいくたび水はくまむとすらむ」などの作品が残っている。いずれも、井戸の水を汲む老女を詠んでいるが、実際の情景描写ではなく、絵にかかれたものを歌にしたのである。

屏風に描かれたこの老女こそ、檜垣嫗といわれる伝説上の女流歌人であった。

檜垣は、若いころは美しく、風流を好む女として、とおく都にまで聞こえていた。だが、この女がいつごろの人か、どこに住んでいたかについては詳らかでなく、さまざまの風説がたっている。年老いた檜垣に「つくし（筑紫）の白川」で逢ったと証言した人がいるが、これはいささか漠然としすぎている。なぜなら、筑紫は厳密にいえば筑前・筑後（現在の福岡県）を指すのだが、この時代の人（とくに都の人）は九州全体をさして「筑紫」ということが多いからである。

おまけに、檜垣に逢ったと証言した三人が、いずれも時代的にはかけ離れている。どう見ても、それぞれ別人の「檜垣」に逢ったとしか思えない。本当の檜垣は誰なのか。

最初の証言者は藤原興範で、この人は九〇二年から九一五年まで、途中空白はあるが、太宰大弐として筑前に滞在していた。そのとき檜垣に逢ったというのだが、すでに女は年老いていて、「年ふればわが黒髪も……」という老境を嘆く歌を詠んでよこした。逢った場所は「つくしの白川」であるというのだが、この「つくし」は、かれの任地から考えて筑前と見るのが自然だろう。

そのつぎは小野好古である。好古は九四〇年一月、その前年に瀬戸内海で叛乱をおこしたあの藤原純友の追捕使に任ぜられた。翌年、純友が筑前に逃れ太宰府を陥落させたため、好古も筑前博多に進軍、この地で叛乱軍を鎮圧した。

好古はかねてから檜垣の噂を聞いており、九州に下向したのを機会にぜひ逢ってみたいと思っていた。檜垣の住んでいるといわれるところに行ったが、そこはこのたびの騒乱で荒れはてていた。家具もすっかり盗まれてしまったみすぼらしい家があったが、水を汲んだ白髪の女が好古の前を通ってその粗末な家に入っていった。土地の人が「あれが檜垣の御です」と言った。好古は気の毒に思って、近くに召そうとしたが、老女は恥ずかしがって来ず、「年ふればわが黒髪も……」の歌で答えた。好古は着ていた衵（単の上に着るもの）ひとかさねを脱いで檜垣にあたえた。

興範が「瑞歯ぐむ」ほどの老齢の檜垣に逢ったのは、好古の時から数えて二十五年以上も前であった。好古の見たのが同一人物だという可能性を一概に否定はできないが、それなら、ひとむかしふたむかし前にも瑞歯ぐんでいたことになる。そして、これも筑前での話であった。

三人目は清原元輔である。あの有名な清少納言のお父さんであるが、お父さんだって、勅撰集（『後撰集』）の撰者になるほどの著名人であった。元輔は九八六年、国守として肥後に赴任してきた。ある日、狩りにでた先で、桶をさげて水を汲みにでた檜垣に偶然出会った。なにしろ、檜垣の歌を推薦して勅撰集に入れたのが、元輔そのひとであったのだから、元輔はその落魄ぶりに驚いた。檜垣はいまの境遇を恥じて隠れようとしたが、かなわず、「年ふればわが黒髪も白川の……」の歌を詠んだ。

元輔と檜垣のこの出会いは、好古が檜垣に逢ってからさらに四十年以上を経ている。

元輔の証言には、大きな矛盾がある。かれは、檜垣が老残の身を恥じて右の歌を詠んだといったが、元輔が三十六年前（九五〇年）に『後撰集』に選んで入れた檜垣の歌こそ、じつはこの歌であった。檜垣はその元輔の前で、三十六年以上も前の旧作を、即興の新作であるかのようなふりをしたのか。勅撰集の撰者ともあろう元輔が、檜垣の名は覚えていても、自分が選んだ檜垣の有名な旧作を忘れるほど耄碌したのか（肥後国赴任の時点で七十九歳だったのだから、無理もないといえばいえる）。もし右の三人の目撃したのが同一人物だとするなら、通算して七十年以上も、檜垣は「瑞歯ぐむ」老後を過ごし続けていたことになる。

五　いちばん怪しい証言が横行する

いちばん眉唾ものの証言をしたのが肥後守の清原元輔である。元輔の言うことが当てにならないなら、「白川」という地名は筑前のものということになる。だが、後世、熊本の白川のみ有名になり、筑前の白川のほうは、いまでは地図のうえからも消えてしまった。白川だけでなく、檜垣の旧跡と称されるものは、肥後熊本に集中している。肥後の白川の地名が檜垣以前にあったかどうかは不明であるが、いずれにしても、この檜垣の歌によって肥後の白川は有名になったふしがある。自己矛盾をかかえる元輔の証言が、後世もっとも信用されるに至った。

　現在の熊本市内には「黒髪」の地名もある。檜垣の歌「年ふればわが黒髪も白川の……」はその地の地名を詠みこんだものなのか、それともこの歌が地名の由来になったのか。事実のほどは不明だが、元輔からほぼ孫の世代の能因法師は「黒髪山は白川のあたりにある」（『能因歌枕』）と言っている。おそらくこれは檜垣の歌からセットにしたと考えられる。であるなら、すでに十一世紀には、檜垣の伝説が肥後の地を舞台にして展開していたことになる。平安末期の歌学書『袋草紙』には「肥後国の遊君檜垣嫗は、老後に落魄した」とあって、かくして檜垣は肥後熊本の遊女となった。

六　檜垣の塔と細川氏

時は移って、天正十五年（一五八七）。織田信長の遺志を継いだ豊臣秀吉が、天下統一に苦心していたころのこと。当時、丹後（現在の京都府北部）の国主であった細川忠興が、秀吉の奉行として薩摩征伐に参加し、遠征の途次、熊本の蓮台寺にたちよって、檜垣の墓といわれるもの（五重の石塔）を見学した。

忠興は、当代随一の文化人といわれた細川幽斎の長男。父の影響もあって、武勇にすぐれながら、和歌や古典や芸能にも深い理解を示す武将であった。ちなみに、関ヶ原合戦のとき大坂城に拉致しようとした石田三成に抗して自害したガラシヤは、この忠興の夫人である。ガラシヤは、本能寺で主君信長を弑したあの明智光秀の女で、夫忠興は、それに引け目をもつガラシヤのよき理解者であった。ガラシヤがキリシタンに帰依したのも、新婚時代に忠興からきいたゼウスの物語に感動したからだという。

もうひとつちなみに言えば、ガラシヤの父光秀もじつは連歌師紹巴の弟子で、当代を代表する武家の連歌師であり、幽斎とも深い親交があった。本能寺の変決行の直前に百韻の連歌を興業し（「明智光秀張行百韻」という）、その座には師の紹巴もいた。光秀の発句「ときは今天が下しる五月かな」は、

「とき」を光秀の本姓土岐氏に掛け、「しる」は支配するという意で、信長襲撃の決意を暗示していた。紹巴はそれを事前に知っていたとして、事件後、秀吉から責められた。この紹巴、よほど秀吉とは前世の相性とでもいうのが悪かったらしい。その後、関白秀次（ひでつぐ）に寵愛されたが、秀次が謀叛の罪をきせられて自害し、紹巴も連座して蟄居を命じられた。

　話を忠興と檜垣の墓に戻せば、忠興はその五年後の文禄元年、ふたたび肥後にやって来た。朝鮮出兵の途次、熊本城にたちよったのであるが、そこで城主加藤清正（かとうきよまさ）の接待をうけた。清正の居間の庭には、五年前に蓮台寺で拝観した檜垣の墓が飾ってあった。聞けば、熊本城築城のとき蓮台寺から持ってきたのだという。

　のち寛永九年（一六三二）、加藤氏は清正の嫡子忠広（ただひろ）のとき改易にあった。そのあとを襲って熊本五十四万石の城主になったのが、なんと忠興の嫡子忠利（ただとし）であった。忠興は家督を譲ってはいたが、いまだ健在で江戸屋敷におり、忠利の肥後入国にさいして、近臣を通じて忠利にこう言った。

「かの檜垣の塔を、清正公は城内に移していた。この女は勅撰集にも入るほどの著名な歌人だ。であるから、その塔は国（領国）の古跡である。城中に移すなどとんでもないことで、さっそくもとあった場所に返して、むかしのとおりに復原しなさい」

　かくして、檜垣の塔はもとあった蓮台寺に戻された。

七　檜垣＝白拍子起源説の虚妄

ところで、謡曲に登場する檜垣の亡霊は、はるかに隔たった時代に出現したからなのか、その証言には歴史的事実との齟齬がある。伝記が未詳とはいえ、証言者たちの生きた時代からみて、檜垣が九世紀末から十世紀の人物であることは確かである。だが、白拍子の始まりはそれから二百年も後のことであって、檜垣が白拍子を舞うはずはない。そのことを喝破したのが、井沢蟠龍であった。

蟠龍は『広益俗説弁』執筆に先だって、『檜垣家集冠注』を著していた。平安時代から写本で伝わる『檜垣家集』に注釈をほどこし、さらに諸資料を使って檜垣の伝記的考証をおこなった。『広益俗説弁』の檜垣に関する記事はその成果である。

白拍子が具体的にどういった舞であったか。初めは水干（狩衣の一種）に立烏帽子、白鞘を差したので「男舞」といわれ、なかごろより烏帽子と刀を除いて、水干だけを用いた。それで白拍子と名づけた、ということぐらいしかわかっていない。

その起源についても、はっきりいえば不明であるが、蟠龍が指摘するように、ふるくから二つの説があった（『和漢合運』のたてる承久二年説は、すでに白拍子のことが記録される『平家物語』以後であるので、話にならない）。

まずその一説は、鳥羽院の御代に起源があるとするもの。島千載と若前というふたりの若い女が舞ったのが始まりである。いつとはっきりは特定できないが、鳥羽院は五歳で天皇即位（一一〇七年）、退位後も崩御（一一五六年）まで院政をしいたから、十二世紀の前半から中葉あたりと考えてよいか。

これは『平家物語』の語る話であった。蟠龍の使った『源平盛衰記』は『平家物語』の異本とされるもので、白拍子に関する記述はほぼ同内容である。

もうひとつの説は、藤原通憲（信西）が舞のいくつかの型のなかから面白いものを選んで、磯禅師という女に教えて舞わせたのが始まりという。磯禅師の娘で、静というものがこれを引き継いだ。静は源義経の愛妾、静御前である。これは、『徒然草』の作者、兼好法師の語る説。兼好法師は有職故実に詳しく、いちおうの信憑性はある。この説をとったとしても、通憲は平治の乱（一一五九年）で殺された人物であるから、その舞い始めは、やはり『平家物語』のいう十二世紀の前半から中葉あたりということになろう。

これが平清盛の全盛時代（一一八一年清盛没）には大流行していたらしい。都で評判の白拍子の上手に祇王という女がいて、清盛はそれを寵愛して、その家族に立派な家をあたえ、毎月、米や銭を贈ったという（『平家物語』）。

八　尚古趣味のなかの檜垣伝説

先の蟠龍著『檜垣家集冠注』は、出版されたものであった。所見の範囲では、奥付をそなえた本はなく、したがって出版書肆も出版年も不明である。ただ宝永四年（一七〇七）の著者自身の跋文があるところから、おそらくはその年か翌年に刊行されたものと思われる。だとすると、多作家の蟠龍の著作としては、もっとも早い刊行物のひとつになる。

　この宝永から正徳・享保（一七一一～一七三六）にかけては、近世学芸史の転換期であった。幕府創設期以来の学芸界をリードしていた朱子学が新しい時代の壁にぶつかり、伊藤仁斎や荻生徂徠といった古学派の儒教が擡頭してきた。かれらはともに、孔子・孟子の原点にかえれと主張して復古を唱えた。そして、復古の思想は儒教界にとどまらず、さまざまの分野にブームをまきおこした。日本学においても、元禄期に僧契沖が古代語・古代文学研究の世界を一新して、それを受け継いだ荷田春満が語学・文学以外の方面にも新しい古学の方法を展開して成果をあげていた。

　蟠龍が精力的な著作活動に入った宝永年間は、その春満が古典研究に足をふみいれたころであった。仁斎は同二年に没したが、その学塾である古義堂は、早熟聡明をうたわれた長子東涯が跡を継いでいた。徂徠は主君の柳沢吉保の失脚にともなって藩邸を出て、茅場町に塾を開いて、本格的に弟子を育成しはじめた。

　復古の思想は尚古すなわち古を尚ぶということであり、古いものが見直され、もてはやされる。だが、それが嵩じると、古いものほどいい、古いものならなんでもいいといった風潮をも生みだす。さらには古いものが贋作される。

　宝暦八年（一七五八）、肥後の曇龍上人という僧が江戸にやって来て、地元で出土したという古代の瓦を、友人の服部南郭に贈った。南郭は徂徠の弟子で、おりからの復古ブームにのって、擬古の漢詩すなわち杜甫や李白といった唐代の詩を摸倣して人気を博した、流行の最尖端をゆく詩人であった。南郭の尚古趣味を知っていて土産ものにしたのであるが、曇龍はその瓦を「檜垣寺の古瓦だ」とふれこんだ。もっとも、幕末の古学者中島広足によれば、国府（肥後の政庁）の建物の瓦だという（『檜垣家集補註』）。

ともあれ、南郭はそれを硯にしようと思ったが、硬すぎて出来なかった。身近において愛玩しているうちに、いにしえに思いを馳せ、そこは文人の性というもの、古瓦に寄せる一文を擬古文でつづった。漢詩人である南郭には珍しく和文であった。南郭には歌人として立とうした青春期があったほどだから、和文も造作なかったが、残っているものはきわめて少ない。当時にあっても珍しかったものか、かの大田南畝が、この南郭の一文を随筆『南畝莠言』のなかで紹介している。題して「檜垣寺古瓦の記」という。

南郭がその和文を記した二十五年後の天明三年（一七八三）のこと、今度は、檜垣自身の遺物が熊本で発見され、そのニュースが日本諸国に伝わった。

ある人が岩戸山の観音の巌窟のなかに、石彫りの五百羅漢を安置して願をかけた。願いが成就したので、なお山の中腹にも五百羅漢を安置しようと考えた。そこに辿りつくのは簡単ではない。石工を籠に乗せて、山の頂上から慎重に釣り降ろして、やっとのことで目当ての場所に至った。石工が岩を掘り穿とうとすると、一箇所、妙にやわらかいところがあった。不思議に思ってよくしらべると、石の箱がひとつ埋めてあった。それをみんなして開いてみると、なかにもうひとつ石の箱があった。内箱の蓋には「檜垣女形自作」と彫りつけてあった。箱のなかからは、小さな像が出てきた。檜垣嫗がみずからの像を彫って、そこに埋めておいたものであった。

発見者たちはそれを藩の役所に届け出、藩当局はさっそく藩校の時習館に鑑定を命じた。結果、本物と認められた。時習館教授の藪孤山は、おりから熊本に滞在していた旧友の橘南谿に、その話を詳しく語って聞かせ、時習館で作成した像の摸写図の刷物をあたえ、南谿はそれを土産にして京都に帰っていった。のち南谿は九州旅行のことを随筆紀行文『西遊記』にまとめているが、この熊本での話をその巻頭に掲げた。

発掘から二年後、伊勢松坂の本居宣長のところに、名古屋の門人渡辺直麿が、檜垣の像の刷物を持ってきて、それに添える歌を宣長先生に乞うた。宣長は一目で偽物と判断、そしてつぎのような歌を直麿にあたえた。

流れての世にしのべとや白川のみずからかかる影はうつせし

この歌の第二句「しのべとや」の「や」は反語であって、千年後にわたしを偲べというのでこんな像を自分でつくるだろうか、そんなことありえない、というのがこの歌の意である。人が簡単に至りつけないところに、発見されるのを見越していたかのように埋めたこと、しかもその真贋が問題になるだろうと予測したかのごとくわざわざ「自作」と書いておいたこと、これらのわざとらしさは、偽物であることの紛れもない状況証拠ではないか。

宣長の歌は、檜垣の「年ふればわが黒髪も」の歌をふまえているが、これは和歌の本歌取りというよりも、狂歌のそれに近い。「流れ」「白川」「みず」「かかる」が縁語であるとするなら、ますますこの歌は狂歌的であるといえる。宣長は、この考古学的遺物の写しを見て戯れた歌に託して、弟子に、簡単にこんなものにひっかかってはいけない、と教え諭したのであった。戯この歌は宣長の家集『鈴屋集（すずのやしゅう）』に載せられているが、詞書中に「本物かどうかはしらないけれど」とある。つまり、宣長はこの遺物を、五十パーセント以上の確率で偽物だと表明しているのである。

この檜垣の像のことは、江戸の大田南畝の耳にも入った。前出の南郭の和文を知ったのとどちらが先かはわからないが、筆まめな南畝はやはりその随筆『一話一言（いちわいちげん）』にそれを書きとめた。先の発掘の状況と若干の伝聞の差はあるが、宣長以上の、南畝一流の戯れ心を発揮して、つぎの一文を添えている。

像の背中に「檜垣女自作像」とあって、丸い印に「万古登」という三字が書いてあったとさ。「万古登」はすなわち「真（まこと）」で、古いものを無邪気によろこぶ尚古趣味の俗物に、これまたかれらがよろこびそうな真仮名（まがな）表記（万葉仮名）でもって、そんなの真っ赤な偽物に決まっているじゃないか、と揶揄（やゆ）したのであった。

第四部　典籍解題を考える

――モノを伝える

伊藤仁齋　名維楨字源佐別号古義堂棠隱其先泉州人
移住于京師堀川宝永年間七十九卒

十章　『十帖源氏』の異版と著者書入本――小城鍋島文庫本の位置づけ

一　従来の『十帖源氏』版本研究

『十帖源氏』は大本十巻十冊。著者野々口立圃の跋文を根拠に、承応三年（一六五四）成立と推定され、万治四年（一六六一）刊行とされる。[*1] その跋文（第十冊最終丁ウラ）であるが、伝存する版本によって、つぎの四種あることが報告されている。[*2]

㋐　跋文そのものがない本（該当箇所白紙）
㋑　跋文末に著者名（「立圃」）のみ彫られた本
㋒　跋文末に年記（「万治四年卯月吉辰」）と書肆名（「荒木利兵衛板行」）の彫られた本
㋓　跋文末に年記（「万治四年卯月吉辰」）と著者名（「立圃」）の彫られた本

図版Ⅰに見るように、年記・著者名・書肆名以外は、一見したところ同一の版木で刷られたかに見える。跋文の丁だけではない。右の四種の版本はいずれも全十冊、これらもざっと見たところ、全冊にわたって同一の版木で刷られたかに見える。ということで吉田幸一は、これらの版本が同一の版木によって刷り出されたものという前提でもって考証をおこなった。すなわち跋文の最後の部

分のみを埋木（うめき）による修訂と見なして、あとは刷の前後関係を観察し、その刷の順序を、

㋐　→　㋑　→　㋒　→　㋓

と推定した。繰り返しになってしつこいが、㋐㋑㋒㋓四種の版本が、跋文の一部のみを操作しながら、あとは同一の版木によって刷り出された、と考えての推定である。爾来、『十帖源氏』の版本に関してはこのことを前提にして語られてきた。*3

二　異版の存在

もってまわった言い方をしたのは、伝存版本の詳細な観察の結果は、一見したところとは異なるからである。

すなわち、右の四種の版本は、同一の版木で刷られたものではない。㋐㋑と㋒㋓に使った版木はそれぞれ異なっていた。㋐㋑が初版で、刷の状態から判断して、㋐のほうが早い刷、㋑が後刷ということになる。㋒㋓は再版であり、そのうち㋒が早い刷、㋓が後の刷である。この事実は、われわれの研究会（小城鍋島（おぎなべしま）文庫研究会）によって明らかにされたところであり、メンバーのひとり沼尻利通に論文がある。*4 詳細は沼尻稿に譲るとして、吉田の研究との決定的な相違は、右記の図式に倣えば、

㋐　→　㋑

㋒　→　㋓

となる。㋒は新たに彫り起こした版木で刷った版本（異版）である。

吉田を始めとする従来の版本研究が異版の存在に気づかなかったのは、これが厳密な意味での覆刻（いわゆる「被せ彫り」）だったからである。丁寧に覆刻されたものなら、二本を同一机上に並べて比較観察できる環境でないと、覆刻された事実に容易に気がつかない。当研究会でそれができたのは、たまたま小城鍋島文庫に『十帖源氏』版本が二部、先の㋐㋓にあたる本が伝存していたからである。きわめて精巧な覆刻であるが、ご覧のように（図版Ⅱ・Ⅲ）、両者対照して、明らかに彫りが異なっている。

したがって、これまでの吉田の研究とそのうえに立っておこなわれていた『十帖源氏』の版本研究は、これをご破算にしなければならない。

三　小城鍋島文庫『十帖源氏』の意義――自筆書入れと献呈の辞

小城鍋島文庫所蔵の『十帖源氏』は、しかし、当文庫が学界に知られた当初から、[*5]また別の点で注目されていた。一方の本（函架番号091-9）は初版本の㋐に該当するのであるが、㋑以下に版刻された跋文とおなじ文章が、著者立圃の直筆によってそこにしたためられていること（図版Ⅳ）、かつ小城藩第二代藩主鍋島直能の蔵書印「藤」が捺されていることである（さらに藩校興譲館の印「荻府学校」が捺される）。

此一部、年来心にしめて見れ共〱、はゝ木のことはりにも違はず。まして齢かたぶき、たそかれのそらめあやしく、まき返す手もたゆし。さりとていたづらにさしをき侍らんも、ほゐなきわざなり。所々書ぬき侍らばめやすからんと、筆のしりくはふるまもなく、あやまるふしをもかへりみず、よしある所々に絵をかきそへ、我身ひとつのなぐさめぐさとす。たゞわらはべのひいな遊びに似たり。老て二たび児に成たるといふにや。

立圃（花押）

そこから、著者献呈の本であろうと推測されている。この注目すべき一本を、われわれは「甲本」と呼ぶ。もういっぽう（函架番号 o91-10）は再版本㊓に該当する版本で、それを「乙本」と呼ぶ。

ところで、甲本における立圃直筆は、右跋文のみにとどまらない。これまで指摘されてこなかったが、毎丁にほどこされた夥しい墨筆の書入れが、じつは立圃の筆跡に等しい。版本『十帖源氏』の版下は立圃の筆になるものであり、図版Vに見るように、書入れと照合して筆跡はそれに一致する。たとえば、「ら」「に」「ぬ」「た」「は」「け」「ひ」「ふ」などにおなじ癖が見いだせる。

墨筆書入れはその内容から見て、当時おこなわれていた源氏注釈書を適宜写したものと思われる。いまだそれと特定するに至っていないが、『河海抄（かかいしょう）』『紹巴抄（じょうはしょう）』などに一致する記事が多い。[*6]該書甲本は著者の手元にあった手沢本であって、書入れは講義・講釈用のノートとして物されていたのだと思われる。それを直能に親しく献呈した、あるいは直能のほうから所望したか。

そう考えれば、これまで跋文とされていた右の文章は、時間的にも空間的にも、墨筆書入れの後ろに直接接続するものであり、この文意を忖度して、立圃から直能に宛てたプライベートな献呈の辞と読み取ることができる。それを、㋑において版刻流用して、跋文のごとくに仕立てたのである。

直能と立圃の交流をうかがわせる同様の資料として、小城鍋島文庫にはもう一点、立圃の紀行文『みちのき』の、これも直能蔵書印の捺された著者自筆本がある。直能はその後室が公家の坊城家の出であり、自身も飛鳥井雅章の門人であって、宮廷歌壇との交遊も厚かった。[*7] 一方の立圃も堂上サロンに出入りし、とくに大名と公家との文芸をとおしたパイプ役を果たしていた。[*8] そのような環境が、立圃と直能の交流の背景にあったのである。

四 『十帖源氏』の成立と刊年再考

だとすれば、右献辞文末の「老て二たび児に成たるといふにや」を『十帖源氏』成立の年（立圃還暦の承応三年）とした渡辺守邦の説も再考を要しよう。

還暦の年とするのは渡辺の推理であるが、仮にこの解釈が当たっているとしても、それは該書甲本を直能に譲った年と考えるのが自然であって、承応三年（一六五四）の時点ですでに版本㋐は存在していたということを意味する。よって、作品『十帖源氏』成立もさかのぼらせねばならない。

そのことを具体的に裏付けるのが、該書冒頭部分（第一冊二丁オモテ）の立圃のつぎの墨筆書入れである。

一条院寛弘ノ初ニ作り、堀河院康和ニ流布ス。寛弘より康和まで九十六年、寛弘より慶安まで六百五十年余。

右はすなわち慶安年間（一六四八〜一六五二）に記されたものであり、当の版本㋐がそれ以前に出来していたことの紛れもない証拠である。㋒㋓の版本にある万治四年（一六六一）の年記は、覆刻したときに書肆荒木利兵衛が加えたもの、ということになる。

以上を時系列で整理すれば、つぎのようになる。

慶安ないしそれ以前に、版本㋐は作られていた。この版本からは、刊年はもとより著者や版元に関する情報を得ることはできない。著者は手元にある版本に書入れをしてゆき、それを承応三年、鍋島直能に献呈の辞を添えて差し上げた。献呈の辞は、後刷のさい、跋文のごとくに仕立てて版刻追加された。このとき初めて著者名が書中で明かされる（版本㋑）。万治四年、荒木利兵衛が跋文末を替えて覆刻版を作った（版本㋒）。なお、荒木利兵衛が初版本の版元だったかどうかは不明。のち、跋文末の版元名を著者名に彫り替えて、覆刻版後刷本（版本㋓）を出した。

五　朱筆の書入れ

甲本にはほかに、墨筆のそれとは筆跡の異なる朱筆書入れがある。内容的にはつぎのように分けられる。

①　墨筆書入れとの照合のための合印

②　濁点
③　墨筆書入れの訓点
④　振り仮名
⑤　主語・目的語・会話主などの補足
⑥　相当する登場人物名
⑦　簡単な語釈

などである。これらは該書が立圃から直能に譲られて以降にほどこされたものと思われる。直能の手になると察しられるが、にわかには断じがたい。なお、乙本も甲本の書入れを墨・朱ともに写しているが、まま写し漏らしもある。

六　濁音表記について

最後に、甲本における清濁表記について、問題提起も兼ねて触れておきたい。

『十帖源氏』版本は、第一冊に濁点は存在せず、第二冊以降にそれが見られる。このことは、あるいは初版の版木成立にかかわる問題をふくんでいるのかもしれないが、いまはそれ以上を言わない。ここでは、版本で濁音表記された語彙、および甲本において朱筆で濁点が補われた語彙、を問題にする。

濁点が付されるといっても、そのうちかたはいたって気紛れである。あるべきところにないことのほうが断然、多い。朱の濁点は、すなわちその補完なのでるが、それとて、補わるべきものを補っていないほうが多い。同一語でも、濁点のある箇所、ない箇所とまちまちである。こういったことは、当時の文学テキストではむしろ普通のことであって、本文の校訂では、足らざるは補い、余計な濁点は削除する。それが国文学の翻刻の約束である。

その判断は、一般に国語史の知見によってなされる。ただ、その知見なるものは、多く音声言語（口頭語）の範疇に属する。古語辞典によくある「古くは清音」とか「近世以降は濁音」などという解説は、あくまでも口語の話である。であるから、文学作品とくに擬古文（ぎこぶん）や古典受容における清濁に、その時代の口語の清濁を機械的に持ち込むのは、適切とはいえない。

たとえば、版本『十帖源氏』には、左のような違和感のある濁点がまま見られる。

君かじゝまにまけぬらん（末摘花）

無言の意味で、国語史の知見に照らせば、「しゞま」とあるべきところ。だが、同時代に宮中でおこなわれていた源氏音読の資料『源氏清濁（げんじせいだく）』（京都大学国語国文資料叢書）には、第一音節にしっかり濁音符が、第二音節に清音符が付されている。版本のこの濁点が単純な間違いではない、確信的な濁点であろうと予想させられる。

これが「でうど（調度）」「なをくじ」のように、申し合わせたように何度も出現するとなると、偶然の誤記として無視するわけにはいかなくなる。そのことは、朱で補われた書入れ濁点も同様であった（「心どきめき」「くやうぜさせ」など）。そして、該当語のかなりの濁点が、後掲の清濁表に見るように、『源氏清濁』のそれと一致する。これらの濁点が、近世初期の古典作品の読み癖の意識的な反映であると断定してもいいであろう。少数ながら清音注記のあることも（横笛・夕霧・総角）、それを裏付けているであろう。

われわれは、甲本にある濁点（版本も朱書入れも）を、近世初期源氏音読の慣習（読み癖）の反映と見なして、校訂テキストに生かすこととし、濁点の用例がある語については、統一して濁点を付していった。換言すれば、読み癖（よみくせ）に配慮した近世擬古文のテキストの再現である。

もちろん、古典の読み癖は家々によって流儀がある。公家でない立圃がどの程度、その読み癖の実践者であったか、定かではない。古典の読み癖の研究については、『源氏清濁』の紹介者遠藤邦基に一連の業績[*9]があるものの、資料も十分に整備されておらず、実態の解明もいまだ途上といわざるをえない。そんな環境でのこの試みは、ひとえにこの方面の研究に、一石ならぬ捨石を投じることにある。

注

1 『日本古典文学大辞典』「十帖源氏」の項（渡辺守邦稿）。

2 古典文庫『十帖源氏』（一九八九年）解説（吉田幸一稿）。ただし、吉田の叙述では、版本書誌学で重要な「刊・印・修」の概念がまったくイメージできない。

3　清水婦久子『源氏物語版本の研究』（和泉書院、二〇〇三年）など。

4　「佐賀大学小城鍋島文庫『十帖源氏』の挿絵と覆刻」（白石良夫・青木歳幸編『小城藩と和歌』二〇一三年）、「野々口立圃『十帖源氏』の初版と覆刻」（『雅俗』十三号、二〇一四年七月）。

5　島津忠夫「小城鍋島文庫善本書目解題」（『佐賀大学文学論集』三号、一九六一年、島津忠夫著作集第十巻所収）。

6　研究会では『紹巴抄』との関係に注目している。貞門派俳諧師（立圃）と連歌師（紹巴）となら、きわめて近しい。

7　井上敏幸「直能の和歌」（前掲『小城藩と和歌』）、日高愛子「飛鳥井雅章と鍋島直能――「道」の相伝と和歌」（『佐賀大国文』四十三号、二〇一五年三月）。

8　小高敏郎「貞門時代における俳諧の階層的浸透」（『国語と国文学』三十四巻四号、一九五七年四月）、菅原郁子『源氏物語の伝来と享受の研究』（武蔵野書院、二〇一六年）。

9　『読み癖注記の国語史研究』（清文堂出版、二〇〇二年）など。

補注

本稿では、献辞（跋文）末の「老て二たび児に成たるといふにや」を還暦と見なす従来の説が正しいものとして叙述した。だが、本当にこの語が還暦を意味したかどうかは、再考の必要がある。この表現は中世から近世にかけての慣用句だったと考えられるからである（『日本国語大辞典』『角川古語大辞典』などの用例による）。かつ、立圃がおなじ表現を五十代半ば（慶安年間）の作品で好んで使っていたことは、中尾友香梨の報告にある（二〇一八年度日本近世文学会春季大会口頭発表「小城鍋島文庫蔵『十帖源氏』著者書入本から見えるもの」）。したがって、この語は、文字どおり、年老いてふたたび子どものようになると解釈するのが妥当であろう。

この事実は、『十帖源氏』成立・刊行に関する本稿の見解を補強するものである。

図版

I

㋑国立国会図書館蔵本

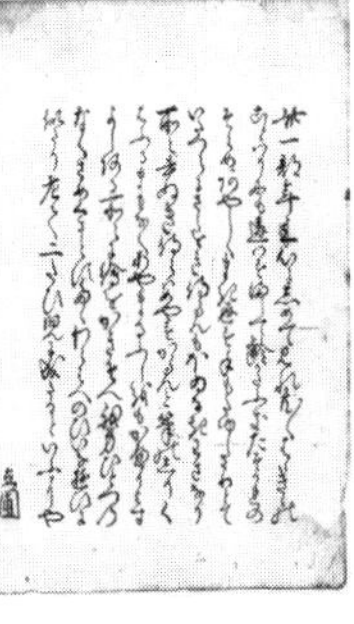

㋒国文学研究資料館蔵本

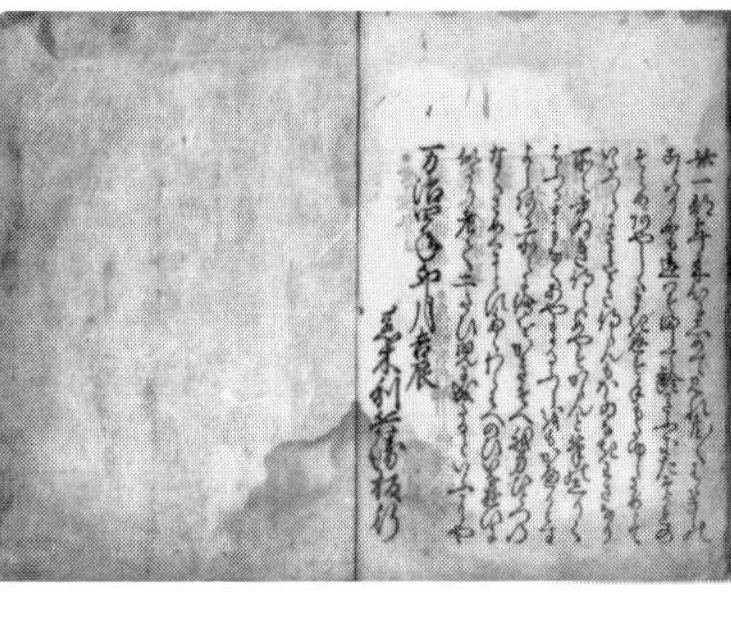

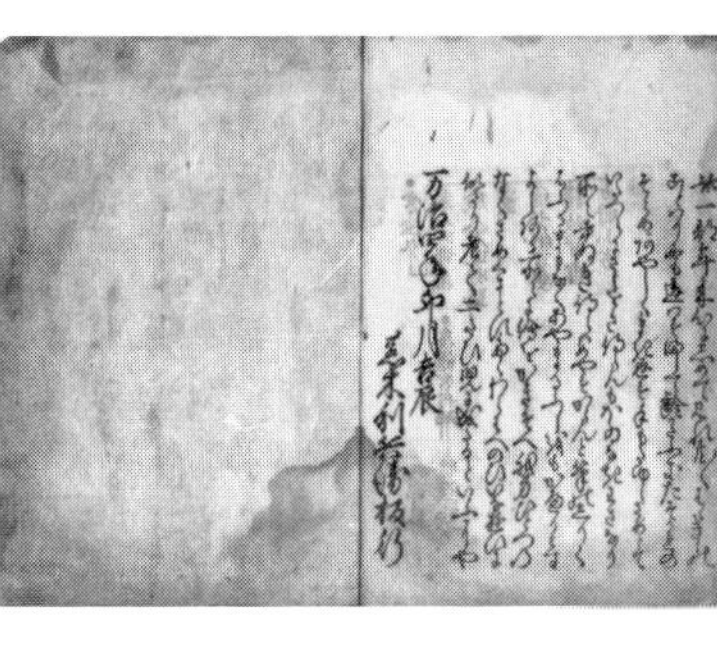

㋓小城鍋島文庫蔵本（乙本）

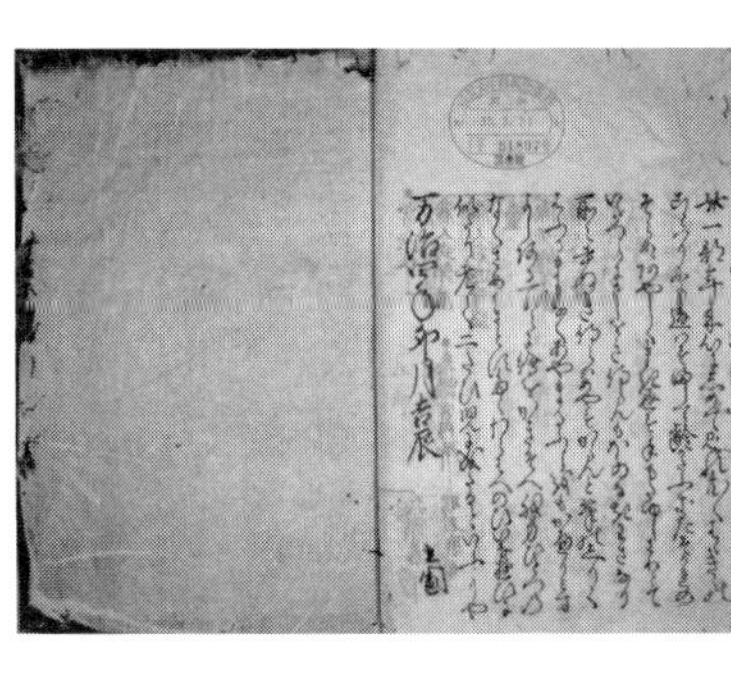

Ⅱ 若紫巻挿絵の一部（上が初版、下が再版）下方、人物の目鼻などに注目されたい。

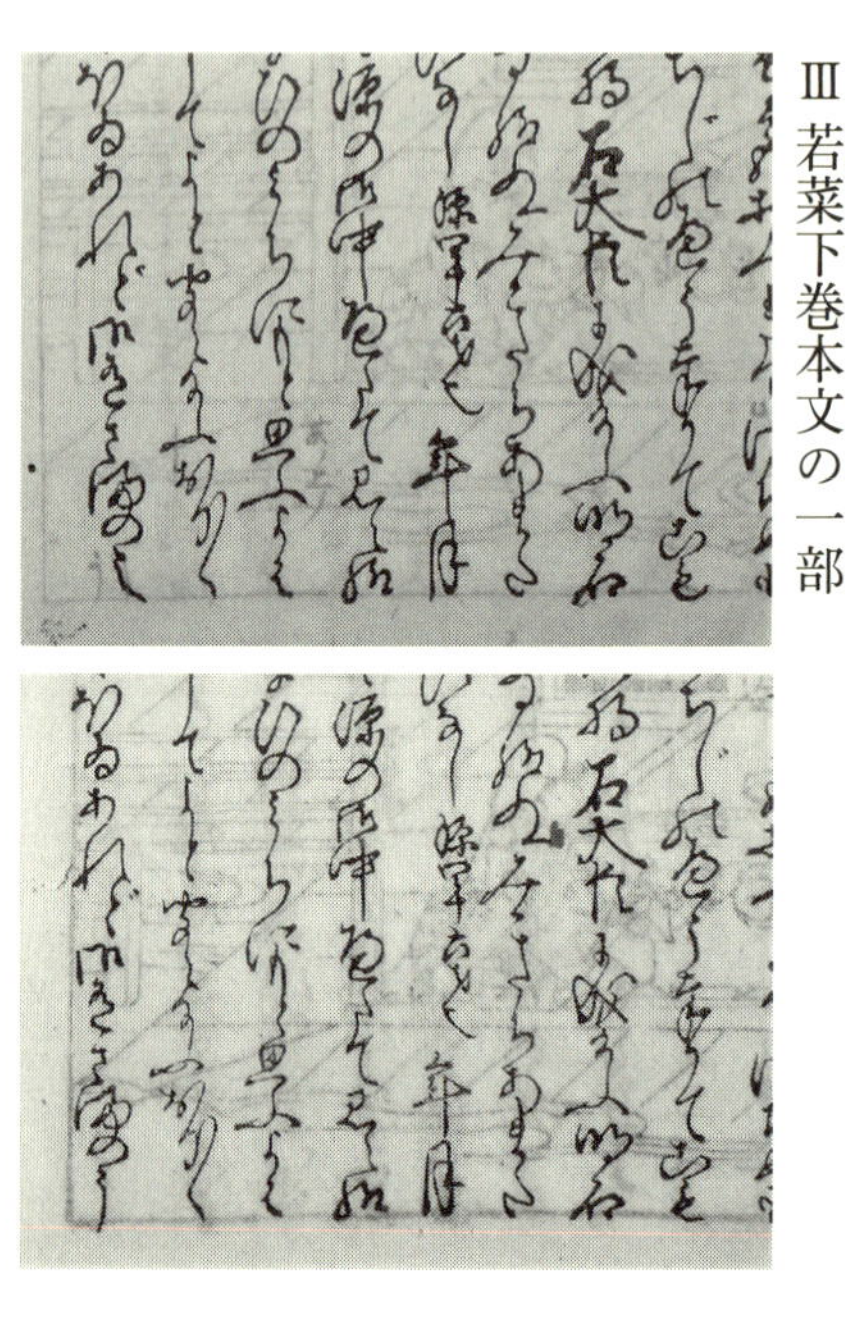

Ⅲ 若菜下巻本文の一部

掲出部分の最終行は「御有さまのう（しろめたき）」とあるべきところだが、初版（上）は「う」とは読めない。おそらく版下の字が歪（いびつ）で、それをそのまま彫ったのであろう。再版（下）できちんとした「う」に修正されている。そのほか、一行目「こも」、二行目「右大臣に成」、四行目「年月」、六行目「思ふ」など、異なる版木であることを示す。

Ⅳ 小城鍋島文庫甲本の献呈の辞

Ⅴ 版本（右）と書入れ（左）の筆跡（甲本第一冊より）

おほとなふら

しつらひ

ゆへつけ

給ぬ・給はぬ

いろ／＼の紙なる

たなはた

に

御休所

らん

手つき口つき

Ⅵ　甲本の清濁表記

底本の表記　＊1	濁点例の出現する巻　＊2	源氏清濁	国語史　＊3
あい**ぎ**やう（愛敬）	蛍（版）・常夏（版）・野分（版）		あいぎやう
あか**づ**き（閼伽坏）	鈴虫（版）	あかづき	あかつき
あ**が**れ（分）	若菜下（版）	あがれぬるに	あかれ
あ**ぎ**れて（呆）	東屋（版）		あきる
あ**ぐ**かれ（憧）	真木柱（朱）・柏木（朱）		あくがれ
あま**ぞ**ゝき（雨注）	東屋（版）	あまぞゝき	あまそそき
いき**ず**玉	葵（朱）	いきすだま	（諸説あり）
おほ**ぞ**う	帚木（朱）・少女（朱）	おほぞう	おほぞう
おほ**ど**れ	東屋（版）	おほどれ	おほどれ
くやう**ず**（供養）	鈴虫（朱）・手習（朱）・夢浮橋（朱）	くやうぜさせ	
げん**ざ**（験者）	若菜上（版）・若菜下（版）	げんざ	げんざ
けん**ぞ**（見証）	竹河（版）	けんぞし給	けんぞ
げん**ぶ**く（元服）	桐壺（朱）・少女（版）		げんぶく
心**ぎ**たなし	帚木（朱）		心きたなし
心**ぎ**よく	澪標（朱）・藤袴（版）		心きよし
心**げ**さう（化粧）	須磨（朱）	心げさう	心げさう
心**ご**はき	手習（版）	こゝろごはき	心こはし
心**づ**きなや	少女（版）		
心**ど**きめき	蛍（朱）	心どきめき	心ときめき
こ**ざ**う**じ**（小障子）	野分（版）		こさうじ

ごだち（御達）	末摘花（版）	ごたち	ごたち
こり**ず**ま	須磨（版）	こりずま	こりずま
さう**が**（唱歌）	橋姫（版）		さうが
さう**じ**（精進）	夕顔（版）	さうじ	さうじ
さう**じ**（障子）	紅葉賀（版）・少女（版）		さうじ
ざうし（曹司）	帚木（朱）	ざうし	ざうし
さう**じ**み（正身）	帚木（朱）・総角（版）・手習（版）	さうじみ	さうじみ
さう**ぞ**く（装束）	玉鬘（版）・胡蝶（版）・行幸（版）		さうぞく
さう**び**（薔薇）	賢木（版）・少女（版）		さうび
さ**ゞ**やか	帚木（朱）・常夏（朱）	さゞやかに	ささやか
ざれ**ば**みたる	帚木（朱）		さればむ
じゝま（無言）	末摘花（版）	じゝま	しじま
じそく（紙燭）	夕顔（版）		しそく
しな**で**る（枕詞）	早蕨（朱）	しなでる	しなてる
ずぎやう（誦経）	朝顔（版）・若菜上（版）	ズギヤウ	ずきやう
ずほう（修法）	葵（版）・賢木（版）	みず法・みずほう	ずほふ
ぞう（族）	賢木（版）・行幸（版）	ぞう	ぞう
そひ**ぶ**し	桐壺（朱）	そひふし	そひぶし
御**づ**き（坏）	若菜上（版）		つき
でう**ど**（調度）	蓬生（版）・梅枝（版）・若菜上（版）	てうど・でうど	てうど
どん**じ**き（屯食）	宿木（版）・柏木（版）	どんじき	とんじき
なき**ど**よむ	明石（版）	なきどよむ	なきとよむ
なをなを**じ**	若菜上（版）・東屋（版）		なほなほし
ひげ**ぐ**ろ（鬚黒）	胡蝶（版）		

ひ**ず**まし	常夏（版）	ひすまし	ひすまし
ひ**ゞ**らき	帚木（朱）	ひゞらき	（諸説あり）
ほう**づ**き（植物名）	野分（版）		
御**ぞ**（御衣）	玉鬘（版）・胡蝶（版）		（諸説あり）
むつ**が**り	少女（版）		むつかる
むつ**び**（睦）	薄雲（版）・蛍（版）	われもむつび	むつび
め**だ**う（馬道）	桐壺（朱）・真木柱（版）	めだう	めだう
物**ぐ**るをし	常夏（版）		物ぐるほし
物**げ**なき	少女（版）		物げなし
ららうら**じ**く	東屋（版）	らうらうじ	（諸説あり）
わた**づ**海	明石（朱）		（諸説あり）
を**ぜ**なか（背長）	末摘花（版）	をぜなが	をせなが

＊1　現代人の感覚で違和感のあるもの、紛らわしいものを掲げた。
＊2　（版）は版刻された濁点、（朱）は朱で補われた濁点。全用例は挙げなかった。
＊3　おおむね中古・中世の形を示した。

附記

本稿執筆にあたっては、JSPS 科研費 JP15K02251 の助成金の一部を使用させていただき、小城鍋島文庫研究会の協力を得た。

十一章　『烏丸光栄卿口授』の成立と構成――国会図書館本を基にして

一　書名と編者

国会図書館蔵本の内題には「烏丸前大納言光栄卿御口授」とある。よって、この聞書の数ある書名のうちの「烏丸光栄卿口授」をもって正式書名としたい。一般に「聴玉集」として知られているが、大谷俊太によれば、「聴玉集」の名はきわめて限られた範囲にしか見られず、それにひきかえ、伝本のほとんどが国会本とほぼ共通する内題をもっているからである。

国会図書館本と同系統の伝本には、内題下に加藤信成の名があり、かれを口授の筆録者と見なすことが多い。しかしながら、後述するように、信成が光栄から直接うけた口授だけで成っているのではない。ほかの門人への指導もふくむ。信成が間接的に聞いたり、同席していて見聞きしたりしたもの、門人たちのあいだで回覧されていた筆録を転写したものなども多くある。信成は、確かに筆録者のひとりではあるのだが、何人かの手で筆録されたものの編集物であるという性格から、編者といったほうが適切である。

二　国会図書館本書誌

国会図書館本は大本一冊、墨付五十二丁の写本である。表紙左肩に元題簽と思われる紙に「聴玉集」と墨書される。第一丁オモテに扉題「故加藤信成聞書」とあって、その肩書きに「不昧真院故前内大臣殿門人」とする。内題は「烏丸前大納言光栄卿御口授」、その下に「加藤信成謹記」。本文は半丁十一行で、条目ごとに一つ書きされる。

奥書識語は、つぎの三条である。

①　御机上にさしをかれ御覧可然候　　資枝

②　此抄、寛政三年（一七九一）十月、師卿日野資枝卿入于御覧候処、全正説之旨、仍外題曁御奥書御染筆被調給之了　　静宏

③　右秘書、予数年執心によつて、同門人従静宏令恩借所也。雖書名無之、令勘考処、今世云聴玉集〔或号清露玉話〕といふものならん。誠二条家之正風稀なる奥秘、他門之徒へ堅不可免書也。

于時享和三亥年（一八〇三）春書写了

日埜資枝卿御門弟　今枝易直（印「易直之印」）

筆跡は三箇条とも本文と同一。よって、該書は、今枝易直（伝未詳）の手になる転写本であると見なしていいであろう。各奥書識語に名のある日野資枝（一七三七〜一八〇一）は、烏丸光栄の実子である。静宏（資枝門、伝未詳）なる人物の所持本を資枝に見せたところ、光栄の言説を記したもの

であるとの証明がなされ、資枝によって「御机上云々」の識語①と外題がしたためられた。その静宏本を借りて、同門の今枝易直が転写した、それが該国会図書館本である。易直が書写した時点で資枝直筆の題簽は逸していた（「書名無之」）。静宏本の外題がどうあったかは不明であるが、易直は勘案して、世にいう「聴玉集」と判断して外題を書したのである。なお、「或号清露玉話」は該書にのみ見る書名である。

三　『烏丸光栄卿口授』の構成——加藤信成編集本の場合

堂上派における歌学書は、多く聞書という形で残される。宗匠の口述を門人が筆録するのであるが、その姿勢は筆録者によってまちまちである。口述者の発言だけを筆記したものから、問答形式になっているものまで。そして、その場の状況や雰囲気などまで記録するものがあり、その典型がこの『烏丸光栄卿口授』である。

本聞書は、烏丸光栄（一六八九〜一七四八）の和歌・歌道に関する口述を複数の門人が筆録し、それらの筆録をあとで編集したものである。が、編集した人物とその時期の違いによって、伝本間に、条目の配列や出入りに相違があって、かなり複雑である。順序としてはまず伝存諸本について述べるべきであろうが、ここでは、国会図書館本をモデルにして、まず加藤信成編集本の構成および成立の事情を推察し、しかるのち、他本に筆をおよぼすこととする。

ほかの諸伝本もそうであるが、国会図書館本にも、口述の場の区切りが明示されていない。ために、前後の文脈などによってそれを判断せざるを得ない。以下、国会図書館本によって、該書の記事を口述の場ごとに整理し、必要に応じて光栄の詠歌指導の具体的方法についても触れていってみたい。

【一】元文元年（一七三六）九月、加藤信成が詠草を提出したときの添削。提出された詠草に光栄が添削をほどこし、その奥に批評を書き入れるという形をとっている。詠作の事情を別紙に書き付けて提出したり（「別紙に書付指上候……」）、信成の疑問に対しての光栄の回答が取次を介してのものがあったりするところから見て、このときの指導は、光栄と信成との直接の対話ではなく、書面によるものであったことがうかがわれる。なお、信成の光栄への入門は、この前月の八月十九日であった。

【二】元文二年九月十五日、加藤信成が拝謁したときの指導。「御側近く召被遊て仰」とあり、その光栄は「対話之節とくと申聞せたがりし也」と言う。一見矛盾するようであるが、光栄の言を、かねてから対話の機会があったら申し聞かせたかったのだ、ととるなら、このときは直接対話による指導であったことになる。総論的な話で始まり、そのあと詠草についてこまかく教えをうける。

【三】元文三年二月二十二日、加藤信成が拝謁したときの指導。

【四】元文三年五月八日に松井政豊（まついまさとよ）にあたえた光栄の書付け一通の写し。この日、光栄は法眼直民の屋敷に出かけ、政豊に書付け一通をあたえた。後日、政豊からそれを借りて写したものであろう。
【五】元文四年八月十七日、加藤信成が拝謁したときの指導。詠草への指導だけでなく、古歌についての講釈もあった。また、このときの同席者と思われる松井政豊・村田景忠への指導も書き留めている。
【六】元文四年八月十九日、伊賀屋裏座敷での歌会の記事。門人の請いを入れて、光栄も出座する。出席者は信成ほか七名。光栄の指導は、まず歌会における故実についての話から始まり、しかるのち、具体的な詠歌指導に入る。
【七】池田義成が拝謁したときの指導。義成の拝謁がいつのことかは不明である。国会図書館本の配列を信成編集のオリジナルとすれば、元文四年八月から翌年の四月のあいだということになろう。
【八】元文五年四月四日に松井政豊が拝謁したときの指導。
以上、ここまでは、
編者の信成自身が光栄から受けた指導――【一】【二】【三】【五】
松井政豊への指導――【四】【八】
池田義成への指導――【七】
同門の歌会における門人らへの指導――【六】
から成っており、その配列は、元文元年九月から同五年四月まで年月の順をおっている。信成の光栄入門が元文元年八月であることから考えて、入門直後から、直接間接に得た光栄の教えをそのつど書き留めたものである。

【九】享保十六年（一七三一）、妻谷秀員が拝謁したときの指導。この記事の冒頭に「秀員え御口授之写」とある。すなわち、妻谷秀員への口授の写しである。

【一〇】享保十七年、妻谷秀員が拝謁したときの指導。同席の森本宗範への指導も書き留める。

【一一】享保二十年三月二十六日、妻谷秀員が拝謁したときの指導。

【一二】享保二十年十月十五日、妻谷秀員が光栄自筆詠草拝受のお礼に参上したときの指導。末尾に「右之通り御命候也、正俊」とある。正俊は光栄の近習であろう。つまり、このときの指導が正俊を介してのものであったことを示す。

【一三】元文元年（一七三六）十月八日、妻谷秀員が拝謁したときの指導。うち最後の三箇条は、正俊を介してのやりとりである。

【一四】元文三年二月七日、妻谷秀員が拝謁したときの指導。

【一五】元文五年三月二十九日、妻谷秀員が拝謁したときの指導。

ここまでが、「秀員え御口授之写」である。秀員は享保十五年に光栄に入門しており、加藤信成の先輩になる。秀員も入門当初から聞書をとっており、信成は、自分の入門以前の聞書をふくむ秀員のそれを入手して、ここに収めたのである。

【一六】江戸の亨弁への指導。冒頭に「江戸麻布長幸寺高弁え御示之写」、文末に「右之通り被命候也、重周」とある。重周は烏丸家の雑掌。この指導のおこなわれたのがいつのことか、定かでない。光栄は延享三年（一七四六）に江戸に下り、そのとき亭弁に口授をおこなっている。ここの指導は、おそらくそのときのものではなく、それ以前に書面でかわしたものであろう。

この条目以下、編者の加藤信成が、みずからうけた口授もふくめ、おりに触れて集めたものを配列した。明記された年月日から判断して、時間のとおりに並べたと考えていいであろう。

【一七】森本宗範・松井政豊への指導。いずれもその年月不明。

【一八】元文五年六月二十七日、聖護院森（しょうごいんのもり）で催された歌会での門人へへの指導。門人の出席者は九人。欠席者の名も記されており、信成はこの日、所労のため欠席している。指導内容は多岐にわたっているが、このときの筆録者は妻谷秀員と思われる。というのは、『詠歌大概』の「情以新為先」の講釈の箇所に、「秀員前方奉窺し御教誡之趣、前に記之。依て略之」という注記があり、「前に記之」が先の【一五】にある記事と考えられるからである。

【一九】松平乗穏・加藤信成・松井政豊らへの指導。その年月を詳らかにしない。いずれも書面によるやりとりと思われる。

【二〇】元文五年十月、加藤信成が光栄から自筆詠草を下賜された記事。

【二一】元文五年十一月十三日、池田義成が拝謁したときの指導。冒頭に「義成へ御口授」とある。

【二二】村田景忠・妻谷秀員への指導。いずれもその年月不明。

【二三】寛保元年（一七四一）二月、光栄母七十賀の和歌勧進の記事。

【二四】富山定敬が入門したときの指導。文末「右可申述由御命に候也、重周」。

【二五】寛保元年三月十五日、加藤信成が拝謁したときの指導。

【二六】寛保元年三月二十七日、坂田邸の歌会での指導。門人の出席者は信成ほか十四名。

【二七】寛保元年五月十三日、坂田邸で池田義成・村田忠興への指導。

【二八】加藤信成の質疑。新勅撰集の歌三首についての質疑。書面による問答。年月不明。


如上から当国会本聞書の成立事情を推察すると、つぎのようになろう。

信成は、入門以来、光栄言説を集めていた（【一】〜【八】）。そして、はやくて元文五年四月、おそくとも六月、妻谷秀員への光栄口授の写し（【九】〜【一五】、信成の入門以前の聞書）を入手して転写した。以後も信成は、みずから受けた口授をもふくめて、ほかの門弟への口授の写しなどを借りたりして、光栄言説の収集につとめた。最後の【二八】のはっきりした年月はわからないが、おそらくは寛保元年か、それをさして隔たらないころであろう。

以上、国会図書館本の構成である。大谷俊太の調査によれば、この国会本とおなじ構成をもつものに、久曾神昇蔵本（甲）・大阪市立大学森文庫蔵本・鹿児島大学玉里文庫蔵本・九州大学文学部蔵本・京都大学文学部蔵本（甲）・九州大学支子文庫蔵本（抄出）がある。大谷はこれらを加藤信成筆録系統と呼ぶが、ここでは、先に述べたように、加藤信成編集本と呼ぶこととする。

四　妻谷秀員編集本

右信成編集本とは条目の出入りがあって、またその配列を異にする本がある。信成編集本と同様の呼び方をすれば、妻谷秀員編集本である。秀員編集本の配列を示す。【　】で示したものは、前節の信成編集本の該当箇所と同内容の記事である。


享保十五年、秀員の光栄に入門の記事。

年月未詳、秀員の拝謁指導の記事。

【九】／【一〇】／【一一】／【一二】／【一三】／【一四】／【一六】／【一七】／【一】／【二】／【四】／【五】／【六】／【一五】／【八】／【七】／【一八】／【一九】／【二一】／【二二】／【二三】／【二五】／【二六】

寛保二年（一七四二）三月、加藤景範（かげのり）への指導の記事。

寛保二年四月十日、秀員の拝謁指導の記事。

寛保二年四月十二日、中倉忠悦邸での歌会、光栄指導の記事。

延享元年（一七四四）五月二十八日、井筒屋での歌会、光栄指導の記事。

延享三年四月、亨弁の拝謁指導の記事。

年月未詳、石田宣樹への指導の記事。


秀員編集本は、その条目の配列がほぼ時間どおりになっており（一箇所の乱れはあるが）、ご覧のように、信成編集本よりも時間的に幅がある。おそらく信成編集本を基にそれを増補したのであろう。

でもって、分量的には秀員編集本のほうが多いのであるが、信成編集本にあって秀員編集本にない条目（【三】【二〇】【二四】【二七】【二八】）もあるし、秀員編集本に記事の簡略化されたところも見られることゆえ、単純に両者の資料的優劣を判定することはできない。

この秀員編集本は、久曾神昇蔵本（乙）がもっとも条目多く、そのほかに、静嘉堂文庫蔵本・神宮文庫蔵本・東京大学史料編纂所蔵本・宮内庁書陵部蔵本・京都大学文学部蔵本（乙）・八戸市立図書館蔵本（甲・乙）がある。

そのほか、村田忠興編集本が東北大学狩野文庫に、編者未詳本が国会図書館（『鶯宿雑記』所収）に蔵されている。いずれも右の本と対応する記事もあるが、本文に異同が少なくない。

五　口述者烏丸光栄と編者

烏丸光栄は元禄二年（一六八九）に生まれ、寛延元年（一七四八）三月十四日に没した。年六十歳。烏丸宣定の子、烏丸光広五代の孫。不昧真院と号した。享保元年（一七一六）に権大納言となり、没する直前に正三位内大臣に昇った。和歌は武者小路実陰・中院通躬の教えをうけ、霊元院歌壇後半において活躍、「今人丸」と称された。弟子に冷泉為村がいる。家集に『栄葉和歌集』『烏丸光栄家集』、紀行文に『打出の浜の記』、歌論に『烏丸光栄歌道教訓』（「内裏進上の一巻」とも）、『和歌教訓十五箇条』などがあり、『新類題和歌集』の編纂にもかかわった。二条家正統を称し、定家・為家の教えを信奉した。

編者の加藤信成は貞享四年（一六八七）十二月一日の生まれ、寛延四年（一七五一）閏六月四日没、六十六歳。通称源吉・清右衛門・源四郎。字子原。号暢庵・慎斎・禹門・季朔。大阪の質商に生まれ、のち医を業とした。五井持軒・三宅石庵・三輪執斎などに学ぶ。家集に『承露吟草』がある。

妻谷秀員は天和三年（一六八三）生まれ、明和二年（一七六五）没、八十三歳。河内国三宅村の村長。享保十五年に光栄に入門。翌十六年にも河内より上京して、詠歌の指導をうけ褒詞を得ていた。前掲の『承露吟草』によれば、秀員邸で月次の歌会が聞かれていたことが知れる。家集に『積翠集』がある。

村田忠興は未詳。

六　指導を受けた人たち

『烏丸光栄卿口授』は、聞書の場の状況や雰囲気などまで記録するところがあり、その臨場感がうかがえるという点において、きわだった特徴をみせている。

江戸時代、堂上における詠歌指導は、中世以来の口伝・口授によっていた。その口授を弟子が書き留めたものが、和歌聞書と呼ばれるものである。幕初期から時代をくだりながらこの和歌聞書を見ていると、筆録者の階層的な変化に気づかされる。

後水尾院サロンが形成されていた寛永から寛文ごろにかけては、サロンの中心的存在は後水尾院自身であったから、その聞書の筆録者はその子霊元天皇、ないしは中院通茂や飛鳥井雅章・日野弘資といった院の側近にいる人たちであった。ところが、雅章らが歌壇の指導者となる延宝期ごろからは、筆録者が地下身分さらには一般身分に属する人たちもそれに加わる。たとえば、『尊師聞書』の心月亭孝賀、『清水宗川聞書』の清水宗川（水戸藩士）、『資慶卿口授』の岡西惟中（鳥取藩士）、『続耳底記』の細川行孝（肥後宇土藩主）、『用心私記』の坂静山（浪人）、『渓雲問答』の松井幸隆（幕臣）などである。

二条派歌学が、せまい宮廷内の世界でおこなわれていたのではなく、階層的にかなり広く風通しのいい底辺をもっていたことのあらわれであろう。それが近世後期になって、小沢蘆庵や香川景樹のような新しいグループの温床となったのである。そういった問題は別にしても、『烏丸光栄卿口授』は、単に聞書の臨場感がうかがえるというだけにとどまらず、指導の実態が具体的に書かれてあり、加えて筆録者や門人の身分を知ることによって、江戸における古学和歌勃興期の、それに対する京都堂上派歌壇の様相を如実に活写した資料ということができる。

以下に、指導を受ける光栄門人のうち、履歴の知られるものについて掲げる。

加藤信成　既述。

妻谷秀員　既述。天野由美子「妻屋秀員年譜」（『羽衣国文』二号、一九八八年三月）参照。

松井政豊　通称一学。延宝六年（一六七八）～延享三年（一七四六）、六十九歳。京都の人。医者。享保十年八月二十四日、光栄に入門。ほかに中院通茂・同通躬にも学ぶ。

加藤景範　信成の長男。松井政豊に師事し、懐徳堂で和学を講じた。寛政八年（一七九六）十月十日没、七十七歳。多治比郁夫「加藤景範年譜」（『大阪府立図書館紀要』八号、一九七二年三月）。

亭弁　法住院日義。号習古庵・遁危子。生年未詳、宝暦五年没（五十歳前後か）。日蓮宗麻布長幸寺住職。烏丸光栄・連阿に学び、江戸の堂上派指導者として活動した。松野陽一編『習古庵亭弁著作集』（新典社、一九八〇年）参照。

松平乗穏　通称内膳。『烏丸光栄卿口授』本文に南都御奉行松平乗有の忠とある。ただし、乗有の子に乗穏はいない。息子で内膳を名のるのは、次男の乗久（『寛政重修諸家譜』）。

森本宗範　大和国大木村の医者。号黒流斎。著書に『歌塚縁起』などあり。

牧　正治　名正賀。烏丸家の用人。

牧　正俊　通称庄左衛門か。光栄の近習か。

尼崎一清　通称次郎左衛門。京都の人。

松村昌条　通称伝内。細川越中守家臣。

津田基富　通称六兵衛。和泉国堺の人。

後藤則明　通称左内。阿部伊勢守家臣。

長江喜維　通称弥左衛門。京都の人。

桂　重周　通称主計。烏丸家の雑掌。
石塚嘉亭　通称善兵衛。京都の人。
奥野清順　摂津国（播磨国とも）平野の人。
池田義成　通称伊兵衛。
窪田尚安　医者。

附記

本稿は、三弥井書店に依頼された『烏丸光栄卿口授』の校注に添えた解説をもとにした。文中で大谷俊太の先行研究に触れているが、それは、
「『烏丸光栄卿口授』の諸本──堂上地下間の歌道教授」（『南山国文論集』十六号、一九九二年三月）
『近世歌学集成』中巻（明治書院、一九九七年）の解説
の二本である。当時、「聴玉集」と通称されていた『烏丸光栄卿口授』に関する基礎研究は大谷稿しかなく、大いに参照させていただき、注釈で得た知見をそれに付け足した。
その後、光栄著作に関しては中川豊の業績がある（古典文庫『烏丸光栄関係資料集』など）。

十二章　『名家手簡』版本管見――近世の複製本

一　『国書解題』の記述

『名家手簡』に関する最初（にしておそらく唯一）の解題は、佐村八郎『国書解題』である。が、その記述は、初版（明治三十〜三十三年刊）と増訂版（明治三十七年刊）とでは、すこしく異なる。まず初版、

名家手簡　二十巻　山内　晋

慶長元和以来に於ける学者の尺牘を摸刻したるものなり。弘化四年丁未市河三亥の跋あり。

増訂版では、

名家手簡　十二巻　山内　晋

物徂徠、細井広沢、滝鶴台以下徳川時代に於ける和漢学者の筆跡を鉤摸して逐次版刻したるものなり。此十二冊は初集より六集に至り、毎集二冊宛六集十二冊の末に弘化二年乙巳刻成、会津山内熊之助蔵版の由を記し七集以下二十集まで嗣刻の旨を記す。

流布本『名家手簡』は、右初版の記述にあたるもの。各集上下二冊で全十集二十冊。初集末に編者山内香雪（晋）の跋文、第十集末に市河米庵（三亥）跋文が添えられる。各集末に安政三年（一八五六）

の年記ある奥付を持つ。

佐村が増訂版で使用した本が、六集十二冊とはいっても、流布本の第七集以下を欠いた、いわゆる端本でなかったことは、「毎集二冊宛六集十二冊の末に云々」の記述によって明らかである。つまり、『名家手簡』は、全十集が一度に出たのではないのである。

いわずもがなのことに属するであろうが、完結までに何年かを要した出版物の場合、全冊揃いで今日に伝存している本の多くは初刷本ではない、といって過言ではない。なぜなら、それらは完結後まとめて刷り出したものであろうから、である。全冊を初刷で揃えるためには、完結までの何年か（へたしたら何十年も）、続編刊行のたびに、欠かさず急ぎ本屋に走って買い求める、という持続する志が要求される。また、続編が刊行されれば、既刊の前編もそのとき刷られ一緒にして売られることもあろうから、この場合、続編は初刷であっても、前編は後刷である。

『国書解題』増訂版に使った底本も、おそらく、第六集刊行時に既刊の集とあわせて刷り出したものであろう。ということは、この増訂版底本は、十集完結以前に刷り出されたのであり、数ある諸伝本中でも、かなり初刷に近い本であったと断定できる。

二　学問所旧蔵本について

わたしの所見の範囲で、『国書解題』増訂版の底本とおなじ時期の刷と考えられるものに、内閣文庫所蔵の一本（函架番号 204-264）がある。やはり、六集十一冊。該書は、昌平坂学問所旧蔵本であり、同所の蔵書目録である『番外書冊目録』に、

名家手簡　新刊納本　廿本

又　同　十二本

と載る、後者と同一のものであろう。第六集が刷り出されてすぐ学問所に納本された、出来立てのホヤホヤである。各集に奥付をそなえるのだが、それらはつぎの二種である。すなわち、

㋐初・二・四・五・六集（同版木）

名家手簡　六集十二冊

弘化二年乙巳四月刻成

会津　山内熊之助蔵板

自七集至廿集　嗣刻

東都芝神明前　和泉屋吉兵衛発兌

㋑三集

本朝名家手簡目録

初集

二集

三集

四集　　嗣刻
五集　　嗣刻
六集　　嗣刻
七集　　嗣刻

東都書肆　芝神明前和泉屋吉兵衛発兌

増訂版の記述は、すなわち、右の㋐の奥付によったのであり、六集刊行の時点では、二十集まで続刊の予定だったことがわかる。

三　「本朝名家手簡」という書名の本

ところで、右の学問所旧蔵本奥付において、さらに注目すべきは、㋑である。五集以降が「嗣刻」と言うところをみると、四集刊行時に使われた奥付がそのまま残されたと思われるのだが、ここでは、書名が「本朝名家手簡」となっている。この「本朝名家手簡」なる書名は、流布の二十冊本の内部には、どこにも徴証が見られない。が、この奥付によって、刊行の初期、すくなくとも第四集まではこの書名であったことがわかる。そして、第五集あるいは六集刊行のとき、書名を既刊のものともども「名家手簡」と替えたのである。このことはつまり、初集〜四集（あるいは五集）においても「本朝名家手簡」という書名をどこかに残している本が、すなわち初刷本の形態ということになるのであろう。

宮内庁書陵部蔵の一本（函架番号162-158）が、じつはそれである。該書は全二十冊、とはいっても、第三集下が欠けて、そのかわりに第四集下が重複してあるという、種の不完全本とでもいうべきものである。さらには、初集上の書簡の順序が流布本のそれと異なっていたり、初集下の大典（だいてん）書簡が重複していたりする。こういった造本上の不手際は、後刷のさいの無神経な本造りに原因することも多いのであるが、また、出し始めのころによくある、不慣れによる失敗という場合もあろう。該書が後者の例であろうと判断するのは、その刷の鮮明さと「本朝名家手簡」なる書名とによってである。

実際、この書陵部本は、一括して購われたものではない。すくなくとも初集・二集あたりは、それぞれ刊行された当初に本屋の店頭に並んでいたものであり、三集以降も、おそらく刊行後まもなくのものであったと考えられる。なお、奥付は、すべての集にない。

初集。表紙の色は、薄めの小豆（あずき）色。見返（みかえし）題および目録がない（流布本にはある）。また、どの書簡にも原簡所蔵者（後述）の名を記さない。問題の「本朝名家手簡」は、外題にある。子持枠題簽にこの書名が刷られているのである（流布本の題簽の枠はすべて、二頭の龍が向かいあった図柄である）。

二集。表紙は青。初集と同版の題簽が貼られている。これには見返題があり、それにも「本朝名家手簡」と見えている。本集には目録あり。また、天保十三年（一八四二）五月付の香雪跋文がこの集に添えられる（流布本では初集にある）。

三集以下は、外題・見返題が流布本と同様、「名家手簡」である。前述のごとくすくなくとも四集までの書名が「本朝名家手簡」であるなら、該書陵部本の三・四集は初刷ではない。十集に米庵跋文のあることは、流布本におなじい。

以上を整理すると、こうなる。つまり、初集は、最初、見返題も目録も原簡所蔵者名も序跋も奥付もない、じつにそっけない本であったらしい。二集において、編者跋文を添え、また体裁も、見返題・目録、および原簡所蔵者名を付すという形にし、それにあわせて、それ以後に刷り出す初集にも見返題・目録を付け加えたのである。そして、弘化二年(一八四五)以前、既刊の集もあわせて書名を「名家手簡」に改めた、ということになる。なお、この時までに、編者跋文が初集に移されている。

四　第十一集以下の計画

『名家手簡』が当初、全二十集の予定であったことは前述した。つぎに紹介するのは、十集の編集も終わり、十一集以下の編集作業にとりかかるにあたって、原簡所蔵者に宛てた、書簡借覧願いの草稿である。該資料は、東京都立図書館所蔵写本『香雪雑録(こうせつざつろく)』中に貼り込まれたもの。某氏に文章の批正を依頼して、朱が入って返却されてきたものである。添削前の香雪の文章を掲げる(読解の便のため、読点を補った。□は虫損)。

余自幼集古人手簡、甲午春東都火、延及余、多為烏有、拾収其余残、再集又及数十百通、夫真跡在世、有日減、無日増、故偶刻一二、贈之友人、朋友荏苒五年、終刻為十篇二十冊、□□録其文、為先賢手牘為数十□、因憶海内之文人墨客多、不止于此、将追年而刻此、雖然、一紙半行有不存者、或有存而為蠹魚食、或有覆醤者、或有挽塊入故紙者、豈堪惋惜哉、伏乞、四方好古君子、同志戮力、辱借観、使古人墨跡伝于世、是亦不芸林一楽事也、欧陽永叔曰、余集録自非衆君子共成之、不能若此之多也、今為目録、以相示各所蔵、録于下以分家蔵、謹以疏

　十篇総目供電覧　時弘化三

　　全篇所刻、不分各家、不論年代、随獲随摸、投入不論次序

目録拙文入尊覧、伏希、賜斧正、不堪感也、名家手簡七集刻成、呈之左右　晋頓首

右、最後の一行が、某氏への通信文である。「目録拙文入尊覧云々」のかたわらに朱筆で「例之通愚存申上候、宜敷采択可被下候」とあって、香雪草稿にもかなりの朱が入っている。また、「名家手簡七集刻成云々」のかたわらにおなじく朱で「謹拝領矣、多謝々々」とある。

　該草稿の作られた年が「時弘化三」という年記に明かされているが、このとき『名家手簡』七集が「刻成」ったこともこれによってわかる。草稿の文面からは、すでに八〜十集の出来上りも時間の問題であるようだ。そこで、十集までの目録を作成し、それに原簡所蔵者の名も記した。これは別紙にしたためたのであろう、いま見ることができない。次節に詳述するが、原簡所蔵者に関してはその名を公表することにはばかる向きもあった。その場合、刊本では名前を出していないのであ

るが、該草稿は、「好古君子」すなわち香雪と同癖の、限られた範囲の目に触れるだけだから、あるいは刊本では伏せるべき名も明示されていたかもしれない。

ところで、香雪が「斧正（ふせい）」を請うた某氏について、考えられるのは米庵先生であるが、北川博邦によれば、朱の斧正は米庵の筆跡ではないとのこと。

五　原簡所蔵者欄における異同

『名家手簡』は、初集出刊から十集完結までのあいだ、さらに完結以後、何度も刷り出されるのだが、版木は同一である。ただ、その間に、原簡所蔵者の欄において、左のような修正がなされている。□はなにも記載されていないことを意味し、■は墨格（ぼくかく）であることを表す。

二集下　飯尾宗祇　■　→　□
二集下　千　利休　■　→　□
四集上　三浦梅園　亀齢軒蔵　→　□
四集上　中島浮山　■　→　□
四集上　平野金華　■　→　家蔵
四集上　沢村琴所　■　→　家蔵
四集下　高　嵩谷　■　→　家蔵

四集下　釈　乗淳　■　→　□
五集上　人見竹洞　米庵蔵　→　小山林堂蔵
六集上　伊藤仁斎　■　→　□（二一七ページ図版参照）
六集上　中野撝謙　■　→　□
六集下　羽倉在満　■　→　家蔵
六果下　釈　澄月　■　→　家蔵
七集上　大内熊耳　■　→　逢原堂蔵

上段は書陵部本・学開所旧蔵本においてそうであり、下段は流布の二一冊本においてそうである。すなわち、この修正は、十集完結後、二十冊揃いで刷り出されるときになされたということになる。

墨格は、現蔵者を明かすことにはばかりのあるもの。たとえば、宗祇書簡は相良為続宛、利休書簡は黒田孝高宛、いずれも当の大名家にあったものを借りてきたのであり（宗祇書簡は今日も相良家文書中にある）、さすがに公表ははばかられる。支障がなくなれば、流布本段階で現蔵者を明かすつもりで、墨格のままにしておいた。支障の解けなかったものは墨格を削るだけにした。ただし、稲生魚彦（六集下）と青木昆陽（十集下）は流布本においても墨格がそのまま残されており、これは、削り忘れたのであろう。

「家蔵」となってしまえば、隠す必要はない。「逢原堂」は水戸藩士岡野行従。ほかに森儼塾書簡（五集上）・土肥霞洲書簡（五集下）など十二通を借りている仲であれば、原簡が逢原堂に帰した時点で支障がなくなるわけである。「亀齢軒」は豊後竹田出身の活花宗匠で、大坂住。当時著名な文人連中との交際がきわめて多かった人で、香雪とも相識であった（中野三敏『江戸狂者伝』所収「亀齢惑溺」参照）。流布本で所蔵者の名が消えるのは、原簡が亀齢軒の手を離れたためか。「小山林堂」は市河米庵の別号、ここはほかの米庵所蔵書簡（七集上の中村惕斎書簡・永田観鵞書簡など）がみな「小山林堂蔵」となっているのにあわせた。

六　覆刻版について

『国書総目録』は、大正五年版の存在を告げる。初集〜五集を前編として明治四十二年四月刊、六集〜十集を後編として大正五年一月刊。奥付には、著作者故山内香雪、発行者山内昇、彫刻者岩部元雄、発売は榊原文盛堂、と見える。新たな彫刻者がいることによってもわかることだが、該書は覆刻版である。さすがに書道の手本だけあって、その覆刻ぶりは、よほど注意ぶかく比較しないと見分けられないほどに、精巧このうえない。

版本をそのまま版下とした、いわゆる被せ彫りであるが、その版下には、右の修正前の本を使用している。したがって、先に挙げた原簡所蔵者欄も当然、修正前のものとおなじ（墨格を残す）であるが、つぎの二箇所が修正前と異なっている。上が修正前（初刷）、下が大正版、

一集上　深見天漪　□　→　家蔵

二集上　香川南洋　仝　↓　□

あるいはこのような文字を持つ伝本が修正前の本と流布本とのあいだに、さらに存在して覆刻版の版下になったと考えるべきであろうが、いま、その種の伝本を偶目できない。

七　初版初刷かならずしも善本ならず

本稿は、『江戸時代文学誌』一～五号に翻刻連載した『名家手簡』の解題である。最後に、この翻刻に使用した底本について一言しておきたい。

連載の冒頭にも触れたことだが、底本は、各集末に安政三年（一八五六）の年記ある奥付を持つ、十集二十冊揃いの、いわゆる流布本に属するものである。これを底本に採用したのは、われわれの身近にあったという理由からにすぎない。今回の解題執筆のための調査によって、上のごとく、初刷に近い本を確認しえたのであって、翻刻底本には初版初刷の善本を、という慣例をもってすれば、底本選定を誤ったことになる。

が、初版初刷＝善本という図式は、すべての版本に当てはまるものではない。わたしの乏しい経験からいっても、刊行後、著編者自身の手によって改訂されるという例が多くある。室鳩巣（むろきゅうそう）『明君家訓（めいくんかくん）』、中島広足（なかじまひろたり）『歴木弁（れきぼくべん）』、蜂屋光世（はちやみつよ）編『大江戸倭歌集（おおえどわかしゅう）』についてはすでに稿を草したことがある。[*1] それらはいずれも、初刷の本文に不備があったのを、後刷にさいして埋木で修正しているものである。本『名家手簡』もその部類に属するのであり、安政三年の刊記ある本は、編者の手が入った版木で刷られたことの明白な揃いの完本であって、われわれは期せずして底本としてふさわしいものに拠っていたことになる。

注

1 「『明君家訓』の成立と版本」（本書所収）
「中島広足と本居内遠」「『歴木弁』改修一件」（『江戸時代学芸史論考』所収）
『新編国歌大観』第六巻解題

附　シーラカンスの年齢

生きている化石と博物館の胎児

一九三八年、南アフリカ沖でシーラカンスが漁網にかかった。

白亜紀末に絶滅したと考えられていて、そのころは化石でしか知られていなかった。その形態は化石とほとんど変わらず、進化しないまま生き続けていた事実が明らかになった。「生きている化石」と呼ばれて世界中の話題になった。

右の説明には、一見したところ、不自然さはない。だが、ほんの一瞬ではあるが、ある錯覚をおこさせる仕掛けが潜んでいる。網にかかった不運なシーラカンスの年齢が一億歳だったかのように刷込まれることである。だから、獲れたシーラカンスを食ったら不味かったと聞いて、そんな超貴重な生き物を殺したのか、と憤慨したひとがいた。

もうひとつ例を出す。博物館のホルマリン漬けの胎児の標本をさして、友達に打ち明ける。

「これは、ばあさんの胎内にいたときのおれの親父なんだ」

ここにも、錯覚をおこさせる仕掛けがある。罪のない嘘だとすぐわかるから、一瞬の錯覚、なのである。胎児が数体並んでいて、それを同一人の成長の跡だと錯覚する、これも一瞬のことである。

活字のイメージ

　こういう錯覚をおこすのは、何に起因しているのだろうか。と考えて、例をもうすこし国文学に身近なところにとると、わたしはつぎのような経験をする。

　古典の基礎演習などの教材に版本の影印を使うと、和本を知らない多くの学生のために、和本の話をせざるをえなくなる。実物を見せて触らせて、しかし食い付きがよくないと感じたら、通り一遍のところで切り上げる。が、学生の一人でも和本を矯めつ眇めつすると、ついつい深みに入ってゆく。

　もっとも、ここから先は、百聞は一見に如かずとはいかない。和本の作られかた、写本の伝播のしかた、印刷のしかた、出版の歴史から古活字版に至るまで、いちいち口で語って聞かせなければならない。和本の授業ではないから、駆け足でまとめる。

　わたしはしゃべりながら心配になってくる、かれらはちゃんと江戸時代にタイムスリップしているのだろうか、具体的にイメージできているだろうか、と。

　案の定、こんなことを言ってくる学生がいた。サンプルにした漢字・片仮名交じりの古活字本のコピーの、数個のおなじ片仮名文字を、「これとこれとこれと……」と指差しながら、

「形がどれも違うんですが」

と言う。確かに、仔細に見ると、撥ねや打ち込み、線の太さなど、まちまちである。

「そうだね」

と言って、それでどこが不都合なのかと口には出さないが、そんな素振りの対応をする。

それを不満げに、熱心な学生は言う。

「だって、活字でしょ?」

どうやら、かれの頭のなかにある江戸の印刷工房には、一文字につき一箇の活字しか用意されてないらしい。

「一ページに複数箇の「イ」があれば、少なくともその数だけの「イ」の活字が必要だ。手作業で彫ったのだから、寸分違わずというのは、無理な注文だろう」

「じゃあ、ものすごく沢山の活字が必要になりますが」

「そうだね」

呑み込みのいい学生は鱗が落ちた目になって、納得する。

シーラカンスとホルマリン漬けの胎児、古活字版の三つの挿話に見る錯覚、その要因には共通点がある。それは、モノを具体的なモノとして把握する目を欠いたことである。人間には、無意識のうちに、モノを抽象化して認識する癖が染み付いていることを知らされる。

いや、癖ではない。人間しか持たない能力なのであって、この能力が数学や哲学を生み、その余の学問を発展させて、文明を築いてきた。人類はながい年月をかけて、モノを抽象化させる本能を身につけた。さらに教育によってそれを鍛えてきたのである。

モノを抽象化させることに人間は努力してきたが、しかし、抽象化されたことを具体的なモノに還元しようとする意識は希薄である。生まれたときの個人の認識が、指を使って数を数えるようにモノから始まっているので、簡単にモノに還元できるからである。ひとことの注意喚起で、それに気がつく。シーラカンスや胎児のホルマリン漬け、学生にとっての古活字の例のように。

もっとも、いまの学生にとっては、活字そのものがモノとして還元させにくい代物（しろもの）なのかもしれないが。

モノとしての本、観念のなかの本

A「ボロボロになった本」

B「本から得た知識」

比喩ではなく、ごく普通のことを言った文章であるならば、二つの用例の「本」は、互いに異なった概念の本である。Aは目で見える個体の本（具体的なモノ）、Bは観念のなかにある本（抽象物）、という違い。網にかかって食べられたシーラカンス、一億年生き続けたシーラカンス、の違いである。

一般的な文学史事典の書名項目に求められるのは、Bの情報である。であるから、「万葉集は現存最古の歌集」というときの「現存最古」は、「法隆寺は現存最古の木造建築」というときの「現存最古」とは意味が異なる。室町時代の古写本でも、江戸の版本でも、岩波文庫でも、万葉集は「現存最古」の歌集である。だが、法隆寺の場合、仮に明治時代に建て替えられたものなら、どんなに精巧な復元であったとしても、いや精巧であるないに関係なく、「現存最古」の木造建築にはならない。

そのところが、文学史と美術史との違いであるのだろう。文学作品をモノとして把握する感覚は、普通のひとには希薄である。だから、「なんでも鑑定団」に古典の文学資料が持ち込まれることが少ないのである。西郷南洲の漢詩の掛け軸が登場しても、美術品（骨董品）としてより、文字を解読し作品鑑賞をしてしまう。モノが対象の番組だから、おそらく鑑定士には不本意であろう。が、テレビの前の不特定多数に受け入れてもらおうとすれば、意識してそうならざるを得ない。

軸物という美術品が、文字だけとなると、かくのごときである。だから、源氏物語のどんなに貴重な古写本（モノ）が出てきても、紫式部原作の、貴公子が主人公の、あの長大な、平安時代に作られたあの不朽の名作、ということのほうに解説の重点が置かれる。鎌倉時代に作られた書籍（モノ）だという情報は、付けたりになる。

文学研究は、文字を読まないことには始まらないのだから、それが写本だろうと版本だろうと活字本だろうと、文字を読む能力（文献学の一部）は欠かせない。だが、研究対象をモノとして語らないから、誤解を恐れずにいえば、書物というモノに関する興味や知識（書誌学）は、あって悪いわけではないが、必須ではない。それ（Aの知識）なしで通用する。あげられる業績の大小には、まったく関係しない。

善本解題は目指さない

小城鍋島文庫研究会の活動のメインに、文庫蔵書の調査とその報告がある。悉皆調査で、報告も全蔵書の解題を目指す。その目標はわたしの提案だったが、そのときメンバーの多くが問題にしたのは、書目の選定とその基準づくりだった。

わたしの回答は、

「選定はしない。だから、基準はいらない。対象は全蔵書である。善本解題ではない」

であった。メンバーは理解しかねたようだが、わたしの「真意」はこうである。

この研究会が「小城鍋島文庫研究会」であり、科研に申請した研究題目が「地域の文化財群としての小城鍋島藩蔵書の研究」であり、その副題が「その全貌の解明」であった、そこに思いを致してもらいたい。であるから、解題執筆においては、それがかつて小城鍋島藩の蔵書の一冊であったという歴史的事実を、つねにつよく意識していただきたい。たとえそれが片々たる雑本であっても、一冊の薄汚れた端本（はほん）であっても、である。このような視点に立った個々の書誌解題を集積することによって、専門家の読むに堪える、小城鍋島文庫の歴史と現在を語る、そんな読み物を実現したい。だから、善本解題ではないのである。だから、選定のための基準を考える必要もないのである。わたしの求めたのは、小城鍋島文庫の個々の資料を、そこに在るモノとして記述することであった。

二〇一七年五月、研究会主催のシンポジウム「肥前鍋島家の文雅」にあわせて、『小城鍋島文庫蔵書解題集』を作成し、会場で配った。調査も半分余しか済んでいなかったが、研究会のアピールと途中経過報告を兼ねた試行版である。調査参加者二十二名全員に執筆を促し、結果、十二名の原稿が集まった。調査済みの全書目ではなく、各自がその時点で書けるもののみに限った。

忽卒（こっそつ）の間の作業ゆえ、執筆要領らしいものといえば、

⑴　文庫蔵本から得られる情報に重きをおくこと

⑵　叙述は簡潔を旨とすること

ぐらい、あとはわたしの書いた数件のサンプルを示しただけであった。体裁の不統一、内容の繁簡、文章の巧拙は織り込み済み、今後の課題を浮き彫りにさせるための、あくまでも試行版である。当然、わたしの真意がまだ周知浸透していないことも承知していた。

メジャーであるほど内容は二の次

二箇条の執筆要領のうち、⑴のほうに、わたしの「真意」を籠めた（つもりであった）。左はわたし自身の項目である。

指月夜話（しげつやわ）　o1-19　写

大本、四巻四冊（巻二・三・五・六存）。表紙題簽なし、うちつけ書きで「南洞録」とあり（この書名不審）。内題・目録題「指月夜話」。全七冊だったと思われるが、首尾を欠くため、序跋の有無や書写事情等不明。蔵書印は「荻府学校」のほか「菴蘿園」「不弐之印」の二顆あり。

該書に著者情報はないが、小城出身の黄檗（おうばく）僧、潮音道海（ちょうおんどうかい）の著作とされる。漢文随筆集。禅宗だけでなく、神道や仏教・儒教・政治論など幅広い話題を評論する。

字数は自分の要求したもの（四百字前後）に満たないが、ノイズをできるかぎり排して、執筆要領

に忠実に従った結果、こうなった。二段落に分けたのは、前半が(1)の文庫蔵本から得られる情報、後半は事典的情報、という意図である。むろん、杓子定規（しゃくしじょうぎ）に分けられない世界であるから、そこは執筆者の裁量に委ねるしかない。

「文庫蔵本から得られる情報」とは、前述のAである。目の前にある書物（モノ）の、目で確認できる情報、である。刊写の別、書型、現存の巻冊、装訂、書名・著者編者・序跋などの情報、書写情報（奥書など）、出版情報（奥付・見返など）、識語、蔵書印などなど。

当文庫のモノとしての『指月夜話』に、著者を知る明確な手掛かりはない。だから、潮音道海（ちょうおんどうかい）の名は事典的情報扱いにしたのである。「全七冊」というのも事典的情報だが、叙述の都合上、第一段落で言う必要があった。だから、ここでは「だったと思われるが」と断定を避けた。ほかの伝本に就けば、序跋の有無が確認されるであろうが、確認されたとしても、それは本解題集では事典的情報になる。

その事典的情報（B）は控えめにすることを申し合わせた。内容的評価や研究史を詳しく熱く語らない、と。極端な例でいえば、源氏物語や古今集のような書目に、その内容解説や評価や成立論や文学史上の位置付けや、といったことに筆を割く、そういう場所ではない、ということである。だが、これもひょっとしたらわたしの独善的な規準、ちゃんと伝わったかどうか、いささか心もとないところではあるが。

あとがき

国語学・国文学が日本語学・日本文学と名前を替えて、それぞれ研究室（講座）を異にする大学も多くなった。わたしの学問は、国語・国文が研究室と書庫を共有する環境で始まり、時流に逆らって、そのまま今日に至っている。

わたしはその研究室で直接、中村幸彦・春日和男・今井源衛・重松泰雄・奥村三雄・中野三敏といった先生方に接した。およそ優等生にはほど遠い学生・院生だったが、右の環境と先生方から学んだのは、国語学とか国文学とか、あるいは中古だとか近世だとか近代だとか、まわりの多くが勝手に作って勝手に籠もっていた、そんな壁を遠慮せず乗り越えることであった。文明開化でも途切れず色褪せなかった日本古典学の蓄積に寄り添い、その方法をそれと意識することなく学んできただけである。本書の目次を通覧し、これまでのわたしの著作を思い返して、つよくそれを感じる。

本書は『江戸時代学芸史論考』に次ぐ二冊目の論文集である。あれから二十年に垂（なんな）んとしているが、前著のあとがきにも「ほぼ二十年にわたる研究成果」と書いた。一部を除き今世紀に入ってから発表したものである。

その間のわたしの身の上の大きな変化は、東京での役所勤めを終えて九州に戻り、二十六年ぶりに教育研究の現場に復帰したことである。前の職場ではいちおう研究者扱いされたが、研究を忘れてそのまま歳をとっても、あれこれ言われるところではなかった。だが、大学に身を置けばそういうわけにはいかない。その意味で、佐賀大学は満足できる環境であった。加えて、還暦過ぎた新参者に気を遣ってくれたのか、頼り甲斐がないと見抜かれたのか、授業と学生指導以外の責任ある校務が振られることは少なかった。わたしはわたしで、「馴れないものですから」と言いながらやり過ごしていた。そんな口実が通用しなくなるころ、二度目の定年を迎えた。同僚の先生方にはご迷惑をかけ続けた五年間であった。

杉浦正一郎・大谷篤蔵・木藤才蔵・島津忠夫・田中道雄・井上敏幸、たびかさなる改組で組織上のつながりはないが、おおけなくも国文学界の重鎮の跡を襲った。だが、わたしの退職後、その改組の果てに国文学を講じる専任教員が、古典も近代文学もいなくなった。文字どおり国文の末席を汚すはめになった。教師ひとりの力では如何ともしがたいとはいえ、悔やまれるかぎりである。

東京時代もずっと教鞭はとっていたが、授業が終わればさっさと帰る時間講師だから、教師という自覚を持たないままであった。いくつかの研究会に参加もしたが、そこでは出身大学を気にすることがなかった。その分、後身をみちびき守り立てようということに無頓着になった。そんなことで四半世紀もワープして突然、大学教師に戻ったのである。わが子より若い学生から見れば、玉手箱をあけたばかりの浦島太郎であったろう。

わたしは自身のかかわっている研究分野の動向に敏感ではない、というか、鈍感である。学界の最新の話題についていけない。できることは、時流に乗るでもなく、かといって乗り遅れるでもないスタンスを保つだけであった。

そんなわたしのある著作を、ある友人から「説教くさい」と評されたことがある。啓蒙書を標榜しながら、わが主張を押し付けるだけ、そこに啓蒙する大人のゆとりがないという意味であった。

自分の書くものを没個性的と僻(ひが)んでいたわたしは、そんな友人の評に、まんざら悪い気がしなかった。本書所収の論稿には、一般読者を想定した雑誌や書籍に書いたものも混じっている。学術論文と一般書とを書き分ける器用さがないから、どれにも説教くさい物言いは残っているだろう。そのあたりを上手に汲み取ってくれた岡田圭介・西内友美さんから、「後進に伝える研究方法」をコンセプトにしましょうとアドバイスされて出来たのが、本書の書名と目次である。看板だけでも教師らしくなった。

西内さんは、わたしに教師の自覚がなかったころの受講生のひとりである。それが縁で『十帖源氏立圃自筆書入本』(笠間書院)に続いて、船出したばかりの文学通信でもお世話になる。むかしの借りをこんな形でしか返すことができないが、厳しい情勢の学術書出版にすこしでも役立つならば、遅れてきた国語国文学者としてこれに過ぎるよろこびはない。

令和改元の日　春日原の簾齋にて記す

著者

初出一覧

本書収録にあたって加筆訂正をおこなった。とくに十章～十二章は校訂本文に付した解説であったので、論文集に馴染むよう手入れを施した。が、どうしても一部に、校訂本文を前提にした叙述が残った。標題・副題も一部、再考して変更した。

- 一章　オコヅク考、オゴメク考――源氏物語帚木巻の異文の解釈（『語文研究』百二号、二〇〇六年十二月）
- 二章　オゴメク幻想――「オコヅク考、オゴメク考」補訂を兼ねて（『語文研究』百四号、二〇〇七年十二月）
- 三章　徒然草「鼻のほどおこめきて」考――続オゴメク幻想（『語文研究』百五号、二〇〇八年五月）
- 四章　読み物になった手紙――「鳩巣小説」とは何か（『説話のなかの江戸武士たち』岩波書店、二〇〇二年八月）
- 五章　書いたこと、書かなかったこと――写本と刊本の狭間で（『雅俗』九号、二〇〇二年一月）
- 六章　忠誠心はかくあるべし――浄瑠璃坂敵討と殉死をめぐって（『江戸文学』三十一号、二〇〇四年十一月）
- 七章　作品化される諫言――『明君家訓』から『駿台雑話』へ（『日本の古典――江戸文学編』放送大学出版、二〇〇六年三月）
- 附　『明君家訓』の成立と版本（『近世文芸』四十五号〈一九八六年十一月〉「井沢蟠龍の著述とその周辺」の一部、三弥井書店『江戸時代学芸史論考』〈二〇〇〇年十二月〉に再録）
- 八章　巨木伝説考証近世篇――熊楠稿「巨樹の翁の話」追跡（『熊楠研究』四号、二〇〇二年三月）
- 九章　女流歌人伝説攷――檜垣嫗説話をめぐって（『西日本国語国文学会報』二〇一〇年八月）
- 十章　『十帖源氏』の異版と著者書入本――小城鍋島文庫本の位置づけ（『十帖源氏立圃自筆書入本』解説、笠間書院、二〇一八年三月）
- 十一章　『烏丸光栄卿口授』の成立と構成――国会図書館本を基にして（『歌論歌学集成』第十五巻・解説、三弥井書店、一九九九年十二月）
- 十二章　『名家手簡』版本管見――近世の複製本（『江戸時代文学誌』六号、一九八九年三月）
- 附　シーラカンスの年齢（『雅俗』十七号、二〇一八年七月）

扉図版

・一部　『源氏物語　河内本』第一（尾張徳川黎明会、一九三四年）
・二部　栗原信充画「肖像集」（江戸後期）
・三部　菊池容斎（武保）著『前賢故実』巻第五（一八六八年）
・四部　山内香雪編『名家手簡』
すべて国立国会図書館デジタルコレクションより

» た

» な

» さ

書名索引

» や

» ら

» な

» か

人名索引

［著者］

白石良夫（しらいし・よしお）

1948年、愛媛県生まれ。九州大学文学部卒業、同大学院修士課程修了。北九州大学講師等を経て、1983年、文部省（現文部科学省）入省、教科書調査官（国語）。2009年、佐賀大学教授となり、2014年退職。専攻、国語学・国文学。博士（文学）。

主要著書に、『最後の江戸留守居役』（ちくま新書、1996年、『幕末インテリジェンス』として新潮文庫、2007年再版）、『江戸時代学芸史論考』（三弥井書店、2000年）、『説話のなかの江戸武士たち』（岩波書店、2002年）、『本居宣長「うひ山ぶみ」全読解』（右文書院、2003年、『本居宣長「うひ山ぶみ」』として講談社学術文庫、2009年再版）、『かなづかい入門』（平凡社新書、2008年）、『古語の謎』（中公新書、2010年）、『古語と現代語のあいだ』（NHK放送新書、2013年）など。

注釈・考証・読解の方法

——国語国文学的思考

2019（令和元）年11月8日　第1版第1刷発行

ISBN978-4-909658-17-3　C0095

発行所　株式会社 文学通信

〒170-0002　東京都豊島区巣鴨1-35-6-201

電話 03-5939-9027　Fax 03-5939-9094

メール info@bungaku-report.com　ウェブ https://bungaku-report.com

発行人　岡田圭介

印刷・製本　大日本印刷

ご意見・ご感想はこちらからも送れます。上記のQRコードを読み取ってください。

文学通信の本

☞ 全国の書店でご注文いただけます

染谷智幸・畑中千晶［編］『全訳　男色大鑑〈歌舞伎若衆編〉』
ISBN978-4-909658-04-3 | 四六判・並製・254 頁 | 定価 : 本体 1,800 円（税別） | 2019.10 月刊

勝又基編『古典は本当に必要なのか、否定論者と議論して本気で考えてみた。』

ISBN978-4-909658-16-6 | A5 判・並製・220 頁 | 定価 : 本体 1,800 円（税別） | 2019.09 月刊

岡田一祐『ネット文化資源の読み方・作り方』
ISBN978-4-909658-14-2 | A5 判・並製・232 頁 | 定価 : 本体 2,400 円（税別） | 2019.07 月刊

飯倉洋一・日置貴之・真山蘭里編『真山青果とは何者か？』

ISBN978-4-909658-15-9 | A5 判・並製・272 頁 | 定価 : 本体 2,800 円（税別） | 2019.07 月刊

はちこ『中華オタク用語辞典』
ISBN978-4-909658-08-1 | 四六判・並製・232 頁 | 定価 : 本体 1,800 円（税別） | 2019.06 月刊

長島弘明編『〈奇〉と〈妙〉の江戸文学事典』
ISBN978-4-909658-13-5 | A5 判・並製・552 頁 | 定価 : 本体 3,200 円（税別） | 2019.05 月刊

後藤真・橋本雄太編『歴史情報学の教科書　歴史データが世界をひらく』
ISBN978-4-909658-12-8 | A5 判・並製・208 頁 | 定価 : 本体 1,900 円（税別） | 2019.04 月刊

叢の会編『江戸の子どもの絵本　三〇〇年前の読書世界にタイムトラベル！』

ISBN978-4-909658-10-4 | A5 判・並製・112 頁 | 定価 : 本体 1,000 円（税別） | 2019.03 月刊

ビュールク トーヴェ『二代目市川團十郎の日記にみる享保期江戸歌舞伎』
ISBN978-4-909658-09-8 | A5 判・上製・272 頁 | 定価 : 本体 6,000 円（税別） | 2019.02 月刊

白戸満喜子『紙が語る幕末出版史　『開版指針』から解き明かす』
ISBN978-4-909658-05-0 | A5 判・上製・436 頁 | 定価 : 本体 9,500 円（税別） | 2018.12 月刊

海津一朗『新 神風と悪党の世紀　神国日本の舞台裏』 日本史史料研究会ブックス 002
ISBN978-4-909658-07-4 | 新書判・並製・256 頁 | 定価 : 本体 1,200 円（税別） | 2018.12 月刊

染谷智幸・畑中千晶［編］『全訳　男色大鑑〈武士編〉』
ISBN978-4-909658-03-6 | 四六判・並製・240 頁 | 定価 : 本体 1,800 円（税別） | 2018.12 月刊

西法太郎『三島由紀夫は一〇代をどう生きたか』
ISBN978-4-909658-02-9 | 四六判・上製・358 頁 | 定価 : 本体 3,200 円（税別） | 2018.11 月刊

西脇 康［編著］『新徴組の真実にせまる』 日本史史料研究会ブックス 001
ISBN978-4-909658-06-7 | 新書判・並製・306 頁 | 定価 : 本体 1,300 円（税別） | 2018.11 月刊

古田尚行『国語の授業の作り方　はじめての授業マニュアル』
ISBN978-4-909658-01-2 | A5 判・並製・320 頁 | 定価 : 本体 2,700 円（税別） | 2018.07 月刊

前田雅之『なぜ古典を勉強するのか　近代を古典で読み解くために』
ISBN978-4-909658-00-5 | 四六判・上製・336 頁 | 定価 : 本体 3,200 円（税別） | 2018.06 月刊